Alexander Mc

Código de conducta para chicas guapas

Traducción de Begoña Recasens

punto de lectura

Título original: *Morality for Bautiful Girls*

2009, Santillana Ediciones Generales, S.L.
Torrelaguna, 60. 28043 Madrid (España)
Teléfono 91 744 90 60
www.puntodelectura.com

ISBN: 978-84-663-2353-6
Depósito legal: B-43.026-2009
Impreso en España – Printed in Spain

Diseño de colección: María Pérez-Aguilera

Primera edición: enero 2010

Impreso por Litografía Rosés, S.A.

Primera edición: enero 2010

Código de conducta para chicas guapas

Alexander McCall Smith nació en Zimbabwe y estudió allí y en Escocia. Fue profesor en la Universidad de Edimburgo y en 2005 abandonó su carrera académica para dedicarse a escribir. Ha publicado más de sesenta libros, entre los que destaca la serie *La 1ª Agencia de Mujeres Detectives,* que obtuvo un éxito brutal entre crítica y público y que ha sido adaptada al cine por Anthony Minghella. Son también reseñables sus series de libros *44 Scotland Street* y *El club filosófico de los domingos.*

www.alexandermccallsmith.com

Este libro es para Jean Denison y Richard Denison.

Capítulo 1

El mundo visto por otra persona

Mma Ramotswe, hija del difunto Obed Ramotswe, natural de Mochudi, cerca de Gaborone, Botswana, África, era la prometida oficial del señor J.L.B. Matekoni, hijo del difunto Pumphamilitse Matekoni, de Tlokweng, campesino y en los últimos tiempos primer conserje de la Oficina Central del Ferrocarril. Hacían buena pareja, eso pensaba la gente. Ella era fundadora y propietaria de la 1ª Agencia de Mujeres Detectives, la única agencia de detectives de Botswana que velaba por los intereses de mujeres y demás ciudadanos. Él era propietario del taller Speedy Motors de Tlokweng Road y, por acuerdo general, uno de los mejores mecánicos de Botswana. Era siempre buena cosa, se decía, que la pareja tuviera intereses independientes. Los matrimonios tradicionales, en los que el hombre tomaba todas las decisiones y controlaba la mayor parte de los recursos de la casa, tenían sus ventajas para quien quisiera dedicarse a cocinar y cuidar niños; pero los tiempos habían cambiado, y las mujeres con formación y ambición de llegar a ser alguien preferían sin duda que los dos cónyuges tuvieran algo que hacer.

Había muchos ejemplos de este tipo de matrimonios. El de Mma Maketetse, sin ir más lejos, que había montado una pequeña fábrica de *shorts* de color caqui para colegiales. Empezó cosiendo en un cuartucho mal ventilado en el fondo de su casa, pero con la ayuda de sus primas, que cortaban y cosían para ella, logró levantar una de las empresas más rentables de Botswana, una empresa que exportaba pantalones a Namibia pese a la feroz competencia de las grandes fábricas de Ciudad del Cabo. Se había casado con el señor Cedric Maketetse, que tenía dos comercios de bebidas en Gaborone, la capital, y acababa de abrir el tercero en Francistown. La prensa local se hizo eco del enlace con un artículo ligeramente embarazoso, encabezado por un llamativo titular: «Modista emprendedora y comerciante de bebidas entretejen sus destinos». Los dos eran miembros de la cámara de comercio, y saltaba a la vista que el señor Maketetse estaba inmensamente orgulloso del éxito empresarial de su esposa.

Como es natural, una mujer con un negocio próspero tenía que vigilar de cerca al hombre que se le acercara con pretensiones amorosas, no fuera a estar buscando una manera de vivir cómodamente el resto de sus días. Eso sucedía a menudo, y Mma Ramotswe había observado que las consecuencias de tales uniones eran, inevitablemente, nefastas. Por lo general, el hombre se fundía las rentas de la empresa entregándose a la bebida o al juego, cuando no intentaba ponerse al frente del negocio y por supuesto arruinarlo. Los hombres eran buenos para los negocios, pensaba Mma Ramotswe, pero las mujeres también. Ellas eran más ahorrativas por naturaleza; tenían que serlo, no en vano habían aprendido a administrar la casa con presupuesto más que ajustado y alimentar las bocas eternamente abiertas de los niños. Los niños comían mucho, por lo que parecía, y no había guiso de calabaza o de avena que alcanzara para llenar sus estómagos hambrientos. Y en cuanto a los hombres, nada mejor que comer carne de primera a espuertas. El panorama era francamente desalentador.

—Será un buen matrimonio —decían al enterarse de su compromiso con el señor J.L.B. Matekoni—. Él es hombre de fiar y ella es muy buena. Serán muy felices dirigiendo cada uno su negocio y tomando té juntos.

Mma Ramotswe era consciente del veredicto popular sobre su compromiso, y compartía la opinión. Después de su catastrófico matrimonio con Note Mokoti, trompetista de jazz e incorregible mujeriego, había decidido no volver a casarse nunca más, pese a las sucesivas propuestas que tuvo. Es más, al señor J.L.B. Matekoni lo había rechazado ya una vez, aunque sólo fuera para aceptarlo unos seis meses después. Descubrió que para poner a prueba a un futuro marido no hay más que formular una pregunta muy sencilla que todas las mujeres, o al menos todas las mujeres que han tenido un buen padre, pueden plantearse y cuya respuesta sabrán por instinto. Ella misma lo había hecho con el señor J.L.B. Matekoni y la respuesta había sido inequívoca.

—¿Y qué pensaría de él mi difunto papá? —se había preguntado.

La pregunta le surgió cuando ya había aceptado al señor J.L.B. Matekoni, como quien se pregunta si se ha metido por el camino adecuado en un cruce de carreteras. Recordaba bien dónde estaba cuando se lo planteó. Se encontraba dando un paseo vespertino cerca del embalse, por uno de aquellos senderos que serpenteaban por los espinos. De pronto se detuvo a contemplar el cielo, ese azul pálido y descolorido que, a la caída de la tarde, se teñiría de tonos cobrizos en un instante. Era uno de los momentos más tranquilos del día y estaba absolutamente sola. De modo que formuló la pregunta en alto, como si alguien pudiera oírla.

Miró al cielo casi esperando hallar en él la respuesta. Evidentemente, la respuesta no estaba ahí; por otra parte ya la sabía, no había necesidad de buscarla. En su fuero interno no le cabía la menor duda de que Obed Ramotswe, que había tratado con todo tipo de hombres durante los años que trabajó en aquellas minas remotas y conocía bien las flaquezas de todos ellos, habría dado el visto bueno al señor J.L.B. Matekoni. Y si ése era el caso, no había por qué dudar de su futuro marido. Se portaría bien con ella.

En aquel momento, sentada en la oficina de la 1ª Agencia de Mujeres Detectives en compañía de su secretaria, Mma Makutsi, la licenciada más destacada de la Escuela de Secretariado Botswana de aquel año, Mma Ramotswe meditaba sobre las decisiones que su inminente matrimonio con el señor J.L.B. Matekoni la obligaría a tomar. El tema más inmediato, por supuesto, era dónde vivir. Eso se decidió bastante rápido; la casa del señor J.L.B. Matekoni estaba cerca del antiguo Club de las Fuerzas de Defensa, y a pesar del indudable atractivo que tenía, con su antigua galería colonial y su reluciente tejado de chapa, no era tan adecuada como su propia casa, en Zebra Drive. El jardín era escaso; en realidad era poco más que un patio barrido; en cambio el suyo tenía una hermosa colección de papayos, unas acacias que daban buena sombra y un arraigado melonar. Y en lo que respecta al interior, poco había que admirar de los pasillos espartanos y las habitaciones desocupadas del señor J.L.B. Matekoni, sobre todo en comparación con las de su propia casa. Le daría mucha pena abandonar su sala de estar, pensaba ella, con su cómoda alfombra sobre el piso de cemento pulido pintado de rojo, la repisa de la chimenea con la placa conmemorativa de Sir Seretse Khama, jefe supremo, estadista y primer presidente de Botswana, y la vieja máquina de coser a pedal que guardaba en un rincón y seguía prestando tan buen servicio aun cuando había apagón, momento en que las otras, más modernas y sofisticadas, guardaban silencio.

No tuvo que decir mucho al respecto. Es más, ni siquiera hubo que anunciar la decisión a favor de Zebra Drive. Cuando Mma Potokwani, la supervisora del orfanato, convenció al señor J.L.B. Matekoni de ejercer de padre adoptivo de un niño huérfano y de su hermana paralítica, los niños se mudaron a la casa de Zebra Drive y se adaptaron a ella de inmediato. En vista de lo cual, quedó establecido que, a su debido tiempo, toda la familia viviría en Zebra Drive. De momento, el señor J.L.B. Matekoni seguiría viviendo en su casa, pero cenaría todas las noches en Zebra Drive.

Aquello constituía la parte fácil del acuerdo. Ahora faltaba el aspecto empresarial. Sentada a su escritorio y observando a Mma Makutsi ordenar papeles en el fichero de la pequeña oficina, se enfrascó en la difícil tarea que tenía por delante. La decisión no había sido sencilla, pero ya la había tomado y ahora tendría que armarse de valor y ponerla en práctica. En eso precisamente consistían los negocios.

Una de las reglas más elementales de llevar adelante una empresa era la de no duplicar instalaciones innecesariamente. Cuando se casaran, tendrían dos negocios y dos oficinas. Eran intereses muy distintos, por supuesto, pero en el taller Speedy Motors de Tlokweng Road había mucho espacio para oficinas y a Mma Ramotswe le parecía absolutamente lógico dirigir su agencia desde allí. Había inspeccionado las instalaciones del señor J.L.B. Matekoni con detenimiento y hasta pedido consejo a un albañil de la zona.

—Es fácil —había sentenciado el albañil después de inspeccionar el taller y la oficina—. Allí se puede poner una puerta, en aquel lado. Por ahí entrarían sus clientes y quedarían a salvo de la grasa y el trajín del taller.

Si unían las dos oficinas, Mma Ramotswe podría alquilar la suya y obtener unos ingresos que cambiarían la situación de la noche a la mañana. En aquel momento, la cruda realidad de la 1ª Agencia de Mujeres Detectives era, sencillamente, que no daba suficiente dinero. No es que le faltaran clientes —disponía de una buena provisión—, sino que el trabajo de detective exigía mucha dedicación y nadie podría pagar sus servicios si cobrara una tarifa realista por sus horas de trabajo. Doscientas pulas por resolver incertidumbres o encontrar a una persona desaparecida era un precio asequible, y generalmente bien valía la pena, pero varios millares de pulas por el mismo trabajo era otra cosa muy distinta. La duda podía ser preferible a la certeza si la diferencia entre las dos era una cuantiosa suma de dinero.

De no ser por el sueldo que le pagaba a Mma Makutsi, tal vez habría podido cubrir gastos. En un principio la había contratado como secretaria, con el argumento de que todo negocio que se precie debe tener una secretaria, pero pronto advirtió el talento oculto tras aquellas voluminosas gafas. Mma Makutsi fue ascendida a ayudante de detective, un cargo que le otorgaba el rango que ella tanto anhelaba. Pero Mma Ramotswe se sintió obligada a subirle también el sueldo, lo que terminó de hundir la cuenta corriente en los números rojos.

Había consultado el asunto con el señor J.L.B. Matekoni, quien coincidía en que no tenía muchas alternativas.

—Si sigue así —le dijo con solemnidad— irá a la quiebra. No sería la primera vez que lo veo. Cuando eso sucede designan a un administrador judicial, que es lo más parecido a un buitre, siempre rondando y rondando. Es de lo peor que puede ocurrirle a una empresa.

Mma Ramotswe chasqueó la lengua.

—No quiero llegar a eso —dijo—. Sería un triste final.

Se miraron con amargura. Después habló el señor J.L.B. Matekoni.

—Va a tener que despedirla —señaló—. Yo mismo he tenido que despedir a más de un mecánico alguna vez. Sé que no es fácil, pero así son los negocios.

—Con lo contenta que se puso cuando la ascendí —dijo Mma Ramotswe en voz baja—. Ahora no puedo decirle que ya no es detective. No tiene a nadie en Gaborone. Su familia está en Bobonong. Son muy pobres, creo.

El señor J.L.B. Matekoni negó con la cabeza.

—Pobres hay muchos —añadió—. Y la mayoría sufre en extremo. Pero un negocio no puede vivir del aire. Eso es bien sabido. Se trata de sumar lo que entra y después restar lo que se gasta. La diferencia es lo que usted gana. En su caso, hay un signo negativo delante de esa cifra. No puede...

—No puedo —interrumpió Mma Ramotswe—. No puedo despedirla ahora. Soy como una madre para ella. Se desvive por ser detective y además es muy trabajadora.

El señor J.L.B. Matekoni bajó la vista y se miró los pies. Presentía que Mma Ramotswe esperaba algo de él, pero no estaba seguro de qué podía ser. ¿Esperaba, acaso, que le diera dinero? ¿Quería que él afrontara los gastos de la 1ª Agencia de Mujeres Detectives, a pesar de haberle dejado clarísimo que lo que pretendía era que él se ciñera a su taller mientras ella atendía a sus clientes y sus inquietantes problemas?

—No quiero que pague usted nada —dijo Mma Ramotswe mirándolo con tal firmeza que el señor J.L.B. Matekoni sintió miedo y a la vez admiración por ella.

—Por supuesto que no —se apresuró a decir—. En ningún momento se me ha pasado por la imaginación, se lo aseguro.

—Por otra parte —prosiguió Mma Ramotswe—, usted sí que necesita una secretaria en el taller. Sus facturas son un caos, ¿no le parece? Nunca anota lo que paga a ese par de inútiles que tiene. Seguro que hasta les habrá dado préstamos y todo. ¿Lo tiene todo apuntado?

El señor J.L.B. Matekoni puso cara de circunstancias. ¿Cómo se había enterado de que los aprendices le debían, por separado, más de seiscientas pulas y que de momento no habían dado la menor señal de poder pagarle?

—¿Quiere que Mma Makutsi trabaje para mí? —preguntó sorprendido por la sugerencia—. ¿Y su puesto de detective?

Mma Ramotswe tardó un rato en responder. No lo tenía pensado, pero en aquel momento empezó a perfilarse un plan. Si trasladaban su oficina al taller, Mma Makutsi podría mantener el puesto de ayudante de detective y a la vez encargarse de la administración del taller. El señor J.L.B. Matekoni podía pagarle un sueldo por ello, lo que supondría un gran alivio para las cuentas de la agencia, liberadas en gran medida de esa carga. Eso, más el alquiler de su oficina actual, sanearía considerablemente la situación financiera.

Le explicó el planteamiento al señor J.L.B. Matekoni. Él siempre había tenido sus dudas respecto a la utilidad de Mma Makutsi, sin embargo percibía las ventajas del plan de Mma Ramotswe, pues tenía el aliciente, no menor, de dejarla contenta. Y eso, lo sabía bien, era su mayor deseo.

Mma Ramotswe se aclaró la voz.

—Mma Makutsi —comenzó a decir—. He estado pensando en el futuro.

Mma Makutsi, que acababa de reordenar el fichero, había preparado té rooibos para las dos y se disponía a disfrutar de la media hora de descanso que solía tomarse a media mañana. Había empezado a leer una revista, un viejo ejemplar de *National Geographic* prestado por una prima suya que era profesora.

—¿El futuro? Sí, el futuro siempre es interesante. Pero no tanto como el pasado, diría yo. En esta revista hay un artículo muy bueno, Mma —señaló—. Se lo dejaré cuando termine de leerlo. Habla de nuestros ancestros del África Oriental, y de un tal doctor Leakey que anda por ahí. Es un médico de huesos muy famoso.

—¿Médico de huesos?

Mma Ramotswe se quedó perpleja. Mma Makutsi se expresaba muy bien, tanto en inglés como en setswana, pero de vez en cuando utilizaba expresiones insólitas. ¿Qué era un médico de huesos? Aquello le sonaba un poco a hechicero, pero no le parecía de recibo que alguien pudiera catalogar al doctor Leakey de hechicero.

—Sí —corroboró Mma Makutsi—. Es experto en huesos muy viejos. Primero los desentierra y después nos habla del pasado. Mire, mire esto.

Alzó la revista para enseñarle una fotografía impresa a doble página. Mma Ramotswe entrecerró los ojos para verla bien. Había advertido que su vista ya no era la de antes, y se temía que tarde o temprano iba a terminar como Mma Makutsi, con las mismas gafas portentosas.

—¿Ése es el doctor Leakey?

Mma Makutsi hizo un gesto afirmativo con la cabeza.

—Sí, Mma —señaló—, es él. Lo que tiene en la mano es el cráneo de una persona primitiva; una persona que vivió hace mucho tiempo y que es muy antigua.

El interés de Mma Ramotswe iba en aumento.

—Y esta persona tan antigua —quiso saber— ¿quién era?

—La revista dice que vivió hace mucho tiempo, cuando había muy poca gente en el mundo —explicó Mma Makutsi—. En esa época vivíamos todos en África Oriental.

—¿Todos?

—Sí. Todos. Mis parientes. Los suyos. Todo el mundo. Todos venimos del mismo grupo de ancestros. El doctor Leakey lo ha demostrado.

Mma Ramotswe se quedó pensativa.

—De modo que todos somos hermanos, en cierto sentido.

—Lo somos —corroboró Mma Makutsi—. Todos pertenecemos a la misma familia. Esquimales, rusos, nigerianos; todos somos iguales. Tenemos la misma sangre. El mismo ADN.

—¿ADN? —preguntó Mma Ramotswe—. ¿Qué es eso?

—Es lo que Dios utilizó para crear a las personas —explicó Mma Makutsi—. Estamos hechos de ADN y agua, todos iguales.

Mma Ramotswe meditó unos instantes sobre lo que implicaba aquella revelación. De los esquimales o los rusos no tenía nada que decir, pero los nigerianos eran otra cosa muy distinta. Por otra parte, reflexionó, Mma Makutsi tenía razón: si el concepto de hermandad universal —mujeres incluidas— tenía algún sentido, no podía excluir a los nigerianos.

—Si esto lo supiera la gente —dijo—, si supieran que todos venimos de la misma familia, se tratarían mejor unos a otros, ¿no cree?

Mma Makutsi dejó la revista.

—No lo dude —coincidió—. Si lo supieran, les resultaría muy difícil ser tan desconsiderados con los demás. A lo mejor, hasta tendrían ganas de ayudar un poco.

Mma Ramotswe guardó silencio. Mma Makutsi se lo había puesto difícil, pero ella y el señor J.L.B. Matekoni ya habían tomado la decisión y no tenía más remedio que comunicarle las malas noticias.

—Todo esto es muy interesante —dijo con pretendida firmeza—. Leeré más cosas sobre el doctor Leakey cuando tenga tiempo. De momento, me paso las horas muertas estudiando la manera de sacar esta empresa adelante. Las cuentas no van bien. Son muy distintas a las que se ven todos los días en los periódicos, ya sabe, esas que tienen dos columnas, ingresos y gastos, y la primera supera siempre la segunda. En este negocio, la cosa va al revés.

Hizo una pausa para observar el efecto de sus palabras. No era fácil descifrar lo que pensaba Mma Makutsi, con aquellas gafas.

—Voy a tener que hacer algo —prosiguió—. De lo contrario, intervendrá la administración judicial, o vendrá el director del banco y nos quitará la oficina. Eso es lo que pasa cuando las empresas no tienen beneficios. Es muy triste.

Mma Makutsi había clavado la mirada en el escritorio. Después alzó la vista hacia Mma Ramotswe, y por un momento las ramas de espino que asomaban por la ventana quedaron reflejadas en sus lentes. A Mma Ramotswe aquello le resultó desconcertante; era como mirar el mundo con los ojos de otra persona. Mientras pensaba en ello, Mma Makutsi movió la cabeza y Mma Ramotswe vio, por un instante, el reflejo de su propio vestido rojo.

—Yo hago todo lo posible —señaló con calma Mma Makutsi—. Espero que sepa darme una oportunidad. Estoy muy contenta de ser ayudante de detective. No quiero ser una simple secretaria el resto de mi vida.

Dicho esto, hizo una pausa y miró a Mma Ramotswe. ¿Cómo se sentiría ella, se preguntó Mma Ramotswe, si estuviera en el lugar de Mma Makutsi, licenciada de la Escuela de Secretariado de Botswana con un promedio de noventa y siete por ciento en los exámenes finales, pero sin nadie en este mundo, salvo algunos familiares en Bobonong? Sabía que Mma Makutsi les enviaba dinero porque una vez la vio en la oficina de correos mandando un giro postal de cien pulas. Se imaginó que se habrían enterado del ascenso y estarían orgullosos de que a su sobrina, si es que era ése el parentesco, le fuera tan bien en Gaborone. Lo que no sabían era que el mero hecho de mantener el trabajo de la sobrina respondía más bien a una obra de caridad, y que no era sino Mma Ramotswe la que ayudaba a esa gente de Bobonong.

Desvió la mirada hacia el escritorio de Mma Makutsi y volvió a fijarse en la fotografía, aún a la vista, del doctor Leakey sujetando aquel cráneo. El doctor Leakey se había asomado al mundo y la miraba fijamente. ¿Y bien, Mma Ramotswe?, parecía decir. ¿Qué me dice de esta ayudante suya?

Mma Ramotswe se aclaró la voz.

—No se preocupe —dijo—. Mantendrá su puesto de ayudante de detective. Pero necesitamos que también se encargue de otros asuntos cuando nos mudemos al taller Speedy Motors de Tlokweng Road. El señor J.L.B. Matekoni necesita ayuda con el papeleo. Una parte suya será secretaria, y la otra ayudante de detective.

Hizo una breve pausa antes de añadir a toda prisa:

—Aunque puede considerarse ayudante de detective, por supuesto. Ése será su título oficial.

Mma Makutsi pasó el resto del día más callada que de costumbre. Preparó el té de la tarde en silencio y le pasó la taza a Mma Ramotswe sin mediar palabra, pero hacia el final de la jornada parecía haber aceptado su destino.

—Supongo que la oficina del señor J.L.B. Matekoni será un desastre —dijo al fin—, no me lo imagino organizando las facturas como es debido. A los hombres no les gustan esas cosas.

El cambio de tono fue un alivio para Mma Ramotswe.

—Es un verdadero caos —afirmó—. No sabe el favor que le hará poniendo un poco de orden.

—A eso nos enseñaron en la Escuela de Secretariado —señaló Mma Makutsi—. Un día nos mandaron a una oficina que estaba en un estado lamentable para organizar todo el papeleo. Éramos cuatro, yo y tres chicas muy guapas. Ellas se pasaron toda la tarde charlando con los hombres de la oficina mientras yo hacía todo el trabajo.

—¡Ah! —exclamó Mma Ramotswe—. Me lo imagino perfectamente.

—Me quedé trabajando hasta las ocho de la tarde —prosiguió Mma Makutsi—. A eso de las cinco, las otras chicas se fueron con los hombres a un bar y allí me dejaron. El director de la escuela nos dijo a la mañana siguiente que lo habíamos hecho muy bien y que nos iba a poner la nota más alta en el trabajo práctico. Ellas se pusieron muy contentas. Dijeron que aunque yo hubiera hecho la mayor parte del trabajo, a ellas les había tocado lo más difícil, que era quitar a los hombres de en medio para que no estorbaran. Lo pensaban de verdad.

Mma Ramotswe hizo un gesto negativo con la cabeza.

—Cada vez hay más gente así en Botswana. Pero al menos usted sabe que ha triunfado. Usted es ayudante de detective, en cambio ellas ¿qué son? Nada, me figuro.

Mma Makutsi se quitó las prominentes gafas y se dispuso a limpiarlas minuciosamente con la esquina de un pañuelo.

—Dos de ellas se casaron con hombres de mucho dinero —añadió—. Viven en casas de lujo, cerca del Hotel Sun. Las he visto pasear por ahí con gafas de sol de marca. La tercera se fue a Sudáfrica y se hizo modelo. La vi en una revista. Tiene un marido que es fotógrafo y trabaja para esa revista. Él también tiene mucho dinero y ella es muy feliz. Lo llaman Khumalo Polaroid. Es muy guapo y muy famoso.

Se volvió a encajar las gafas y miró a Mma Ramotswe.

—Algún día habrá un marido en su vida —dijo Mma Ramotswe—. Y ese hombre será muy afortunado.

—No creo que haya ningún marido para mí —respondió con un gesto negativo—. En Botswana faltan hombres. Ese dato es conocido. No quedan hombres solteros, están todos casados.

—Bueno, tampoco es obligatorio casarse —argumentó Mma Ramotswe—. Hoy en día las mujeres solteras pueden vivir muy bien. Yo estoy soltera. Ya lo ve, no me he casado.

—Pero se va a casar con el señor J.L.B. Matekoni —dijo—. No tardará mucho en dejar de serlo. Podría...

—Claro, pero no tenía por qué casarme con él —interrumpió Mma Ramotswe—. Yo estaba sola y vivía feliz y contenta. Podía haberme quedado como estaba.

Hizo una pausa. Advirtió que Mma Makutsi había vuelto a quitarse las gafas y las estaba limpiando otra vez. Se le habían empañado.

Mma Ramotswe reflexionó unos instantes. Nunca había podido presenciar la infelicidad ajena y no hacer nada al respecto. No era nada fácil tener esa particularidad siendo detective privado, pues infelicidad era lo que casi siempre había en su trabajo, pero no lograba endurecerse el alma, por más que lo intentaba.

—Ah, y además hay otra cosa —señaló—. No le he contado que el cargo que va a ocupar en el nuevo trabajo es el de subdirectora del taller Speedy Motors de Tlokweng Road. No es un simple trabajo de secretaria.

Mma Makutsi la miró y sonrió.

—¡Qué buena noticia! —dijo—. Usted es muy buena conmigo, Mma.

—Y ganará más dinero —añadió Mma Ramotswe, abandonando definitivamente todo asomo de prudencia—. No mucho más, pero menos es nada. Podrá ayudar un poco más a esos familiares suyos de Bobonong.

Mma Makutsi revivió considerablemente a raíz de aquella información y hasta se apreció un cierto entusiasmo en su manera de abordar la última tarea que le quedaba por hacer, pasar a máquina unas cartas que había escrito Mma Ramotswe a mano. Sin embargo, era Mma Ramotswe la que ahora parecía un poco malhumorada. La culpa era del doctor Leakey, decidió. Si no se hubiera metido en la conversación, habría sido más firme; y no que ahora no sólo había vuelto a ascender a Mma Makutsi, sino que además le había aumentado el sueldo, y todo eso sin consultarle nada al señor J.L.B. Matekoni. Se lo iba a tener que contar, por supuesto, pero ya habría oportunidad. Siempre había un momento para comunicar malas noticias, se trataba de saber esperarlo, eso es todo. Los hombres solían bajar la guardia de vez en cuando y el arte de las mujeres triunfadoras, las que lograban vencerlos con sus propias armas, consistía en saber esperar el momento oportuno. Cuando ese momento llegaba, manipular al hombre no entrañaba grandes dificultades. Pero había que saber esperar.

Capítulo 2

Un niño en la noche

Habían acampado en el delta del Okavango, no lejos de Maun, al abrigo de unos imponentes mopanes. A poco más de una milla al norte, el lago se alejaba formando una franja azul que se perdía entre el marrón y el verde de la sabana. La hierba era espesa y abundante, y el lugar proporcionaba buen refugio para los animales. Para ver un elefante, por ejemplo, había que estar muy atento porque la exuberancia de la vegetación impedía distinguir sus inmensos corpachones grises moviéndose entre el forraje.

El campamento, un conjunto casi permanente de cinco o seis tiendas de campaña dispuestas en semicírculo, pertenecía a un hombre que respondía al nombre de Rra Pula, el señor Lluvia, dada la creencia popular, empíricamente demostrada en más de una ocasión, de que su sola presencia atraía la muy necesaria lluvia. A Rra Pula no le disgustaba que la creencia se perpetuara. La lluvia era señal de buena suerte; de ahí el grito de «¡Pula! ¡Pula! ¡Pula!» cuando era buena suerte lo que había que invocar o celebrar. Era un hombre de rostro fino y tenía la piel curtida y moteada de manchas de sol, como todos los blancos que se han pasado la vida bajo el sol africano. Las pecas y las manchas de sol se le habían unificado de tal modo que todo él era marrón, como una galleta cruda metida en el horno.

—Cada vez se parece más a nosotros —dijo uno de sus hombres mientras descansaban alrededor de una hoguera nocturna—. Un día se despertará y será motswana, ya lo veréis, del mismo color que nosotros.

—Uno no se hace motswana sólo por cambiar de piel —dijo otro—. Los motswana son motswana por dentro. Como los zulúes, que por mucho que se parezcan a nosotros a simple vista, siempre serán zulúes por dentro. Y tampoco ellos pueden hacerse motswana. Son dos cosas distintas.

Se hizo un silencio alrededor del fuego mientras meditaban la cuestión.

—Hay muchas cosas que te hacen como eres —dijo al fin uno de los rastreadores—. Pero lo más importante es el vientre de la madre. Ahí es donde está la leche que le hace a uno motswana o zulú. Leche motswana, niño motswana. Leche zulú, niño zulú.

—En el vientre de la madre no hay leche de ningún tipo —señaló uno de los más jóvenes—. Eso no es así.

Los mayores lo fulminaron con la mirada.

—¿Ah, no? ¿Y entonces qué comes los nueve primeros meses, señor sabelotodo? ¿Acaso insinúas que uno se alimenta de la sangre de su madre? ¿Es eso lo que piensas?

El joven hizo un gesto negativo con la cabeza.

—No sé lo que se come —admitió—. Pero hasta que no se nace, no hay leche. Eso sí que lo sé.

Los mayores lo miraron con desdén.

—¡Qué sabrás tú de esto! —dijo uno de ellos—. Además no tienes hijos, que yo sepa. ¿Cómo vas a saberlo, entonces? Lo que faltaba, un hombre que no tiene hijos hablando como si tuviera cientos. Yo tengo cinco hijos, cinco —dijo extendiendo los dedos de la mano—. Cinco hijos —repitió—. Y los cinco se hicieron con la leche de su madre.

Guardaron silencio. En la otra hoguera, sentados en sillas en lugar de troncos, estaba Rra Pula con sus dos clientes. Hasta ese momento habían oído sus voces, un murmullo indescifrable, pero ahora guardaban silencio. El señor Pula se levantó de pronto.

—Ahí hay algo —señaló—. Puede ser un chacal. A veces se acercan mucho al fuego. Los otros animales, en cambio, suelen mantenerse a distancia.

Uno de los clientes, un hombre de mediana edad que llevaba un sombrero flexible de ala ancha, se levantó y fijó la mirada en la oscuridad.

—¿Es posible que un leopardo se acerque tanto? —preguntó.

—Imposible —respondió Rra Pula—. Son unas criaturas muy tímidas.

Una mujer sentada en una banqueta plegable se dio la vuelta repentinamente.

—Pero ahí hay algo, eso está claro —dijo—. Escuchen.

Rra Pula dejó la taza que tenía en la mano y llamó a sus hombres.

—¡Simon! ¡Motopi! Que alguien me traiga una linterna. ¡Vamos, rápido!

El más joven se levantó y corrió a la tienda de campaña donde guardaban las provisiones. Cuando se dirigía a dársela a su jefe, oyó un ruido y encendió la potente linterna para hacer un barrido por el oscuro perímetro del campamento. Observaron la silueta de los arbustos y matorrales, todos ellos curiosamente planos y unidimensionales a la luz de aquel haz explorador.

—¿No lo va a ahuyentar, con esa luz? —preguntó la mujer.

—Puede que sí —respondió Rra Pula—. Pero más nos vale que no haya sorpresas.

La luz oscilaba de un lado a otro y por un breve instante se detuvo en las hojas de un espino. De ahí descendió hasta el pie del árbol y fue entonces cuando lo vieron.

—Es un niño —señaló el hombre del sombrero—. ¿Qué hace un niño aquí?

El niño estaba a cuatro patas. Sorprendido por el rayo de luz, parecía un animal deslumbrado por los faros de un coche, paralizado e indeciso.

—¡Motopi! —gritó Rra Pula—. Ve a buscar a ese chico y tráemelo.

El hombre de la linterna atravesó la maleza a toda prisa sin dejar de iluminar la pequeña figura que vislumbraba. Cuando se acercó lo bastante, el niño hizo un súbito movimiento y volvió a internarse en la oscuridad, pero tropezó con algo que le hizo perder velocidad y terminó cayéndose. El hombre intentó agarrarlo y al hacerlo se le cayó la linterna, que dio contra una roca haciendo un ruido sordo y se apagó al instante. Pero para entonces ya había logrado trincar al chico y levantarlo, pese a lo mucho que éste pataleaba tratando de zafarse.

—Tranquilo, hermanito —le dijo en setswana—. No voy a hacerte daño. No voy a hacerte ningún daño.

El niño seguía pataleando y una de sus patadas le dio de lleno en la boca del estómago.

—¡Deja de patalear!

El hombre zarandeó al niño y, sujetándolo con una mano, le dio un fuerte manotazo en el hombro.

—¿Lo ves? ¡Eso es lo que pasa si sigues pataleando a tu tío! ¡Y no te descuides mucho porque recibirás más!

Aturdido por el golpe, el pequeño dejó de resistirse y finalmente se ablandó.

—Además —mascculló el hombre según avanzaba hacia la hoguera de Rra Pula—, hueles muy mal, que lo sepas.

Dejó al niño en el suelo, junto a la mesa que tenía el quinqué, pero no le soltaba la muñeca por si se le ocurría echar a correr o liarse a patadas con los hombres blancos allí presentes.

—Así que éste es nuestro pequeño chacal —dijo Rra Pula mirando al niño.

—Está desnudo —observó la mujer—. No lleva absolutamente nada encima.

—¿Qué edad tendrá? —preguntó el hombre—. No puede tener más de seis o siete años, como mucho.

Rra Pula levantó el quinqué y lo acercó más al niño; la luz iluminaba una piel que parecía surcada por pequeñas cicatrices y raspaduras, como si lo hubiera arañado un espino. Tenía el estómago hundido y se le transparentaban las costillas; las nalgas diminutas eran puro pellejo. Una llaga abierta, con bordes blancos y el centro más oscuro, le cruzaba el puente del pie de lado a lado.

El niño alzó la vista hacia la luz y dio un paso atrás ante la inminente inspección.

—¿Y tú quién eres? —preguntó Rra Pula en setswana—. ¿De dónde has salido?

El niño miraba la luz sin parpadear, pero no reaccionó a la pregunta.

—Háblale en kalanga, a ver si hay suerte —dijo Rra Pula dirigiéndose a Motopi—. Y si no, en herero. A lo mejor es herero, o mosarwa. Tú te entiendes bien en esos idiomas, Motopi, a ver qué consigues sacarle.

El hombre se puso de cuclillas para estar a la altura del niño. Empezó hablándole en herero, pero al ver que no reaccionaba cambió de idioma. El niño no abría la boca.

—Me parece que no sabe hablar —señaló—. Creo que no entiende nada de lo que le digo.

La mujer dio unos pasos y le puso la mano en el hombro.

—Pobrecito —dijo—. A lo mejor...

Acto eguido, dio un alarido y retiró la mano de inmediato. El niño la había mordido.

Motopi le cogió el brazo derecho con fuerza y lo obligó a agacharse. Después se inclinó hacia delante y le cruzó la cara de un guantazo.

—¡No! —le gritó—. ¡Eso no se hace!

La mujer, enfurecida, apartó al hombre de un empujón.

—¡No le pegue! —exclamó—. Está asustado. ¿Es que no lo ve? No era su intención hacerme daño. Ha sido mi culpa, no tenía que haberlo tocado.

—Los niños no pueden ir por ahí mordiendo a nadie, Mma —respondió el hombre con calma—. Eso no nos gusta.

La mujer se había envuelto la mano en un pañuelo, en el que se apreciaba una pequeña mancha de sangre.

—Ahora le doy un poco de penicilina —dijo Rra Pula—. Un mordisco humano puede complicarse.

Todas las miradas se concentraron en el niño, que se había tumbado en el suelo como si quisiera dormir, aunque sin dejar de mirarlos. Los observaba sin perder detalle.

—Este niño huele muy raro —anunció Motopi—. ¿No se ha dado cuenta, Rra Pula?

Rra Pula lo olisqueó.

—Sí —coincidió—. Puede que sea la herida. Está supurando.

—No —sentenció Motopi—. Tengo muy buen olfato. La herida huele, es verdad, pero además hay otro olor. Es un olor muy raro en los niños.

—¿Qué es? —quiso saber Rra Pula—. ¿Reconoces ese olor?

Motopi hizo un gesto afirmativo.

—Sí —dijo—. Huele a león. Estoy seguro, sólo huelen así los leones.

Por un momento nadie dijo nada. Después Rra Pula se echó a reír.

—Un poco de agua y jabón y verás qué pronto se soluciona —declaró—. Y ponle algo en esa herida. El polvo de azufre la irá secando.

Motopi cogió al niño con cierta cautela. Éste lo miró y se encogió de miedo, pero no opuso resistencia.

—Lávalo y mételo en tu tienda —señaló Rra Pula—. Y vigila que no se escape.

Los clientes volvieron a sentarse alrededor del fuego. La mujer intercambió una mirada con el hombre, que arqueó una ceja y se encogió de hombros.

—¿De dónde demonios habrá salido? —le preguntó a Rra Pula mientras éste atizaba las brasas con un palo carbonizado.

—De algún pueblo de la zona, supongo —respondió—. El más cercano está a unos treinta kilómetros, en aquella dirección. Es muy probable que sea pastor y que se haya perdido al adentrarse en la sabana. Eso sucede de vez en cuando.

—¿Pero por qué está tan desnudo?

—A veces no llevan más que una especie de mandil. Probablemente se le quedó enganchado en algún espino. O lo dejó tirado en alguna parte.

Dicho esto, miró a la mujer.

—Estas cosas pasan a menudo en África. Hay muchos niños que desaparecen. Después aparecen. No les pasa nada. No estará preocupada por él, ¿no?

—Por supuesto que me preocupa —dijo la mujer frunciendo el entrecejo—. Le ha podido suceder cualquier cosa. ¿Y los animales salvajes? Lo podía haber atacado un león. Cualquier cosa podía haberle ocurrido.

—Sí, tal vez —coincidió Rra Pula—. Pero no ha sido el caso. Mañana lo llevaremos a Maun y lo dejaremos en la comisaría de policía. Ellos se harán cargo. Averiguarán de dónde es y lo llevarán a su casa.

La mujer se quedó pensativa.

—¿Por qué ha dicho ese hombre que olía a león? ¿No es un poco raro decir eso?

Rra Pula soltó una carcajada.

—Por aquí se dicen muchas cosas raras. Ellos ven las cosas de un modo muy distinto. Ese hombre, Motopi, es muy buen rastreador, pero suele hablar de los animales como si fueran personas. Dice que los animales le cuentan cosas. Asegura que es capaz de oler el miedo de un animal. Es su forma de hablar. No es más que eso.

Se quedaron sentados en silencio durante un rato, después la mujer anunció que se iba a dormir. Le dieron las buenas noches y ellos permanecieron junto al fuego una media hora más, sin hablar apenas, contemplando los troncos que se iban consumiendo y las chispas que éstos despedían. Dentro de la tienda, Motopi se había tumbado junto a la entrada, obstaculizando el paso intencionadamente para que el niño no pudiera salir sin despertarlo. Pero no era probable que hiciera tal cosa, pues se había quedado dormido casi inmediatamente después de que lo metieran en la tienda. Motopi, a punto ya de quedarse traspuesto, lo vigilaba con un ojo soñoliento. Tapado con un ligero *kaross*, el niño respiraba profundamente. Había comido el trozo de carne que le dieron desgarrándola con voracidad, y después se había bebido un tazón de agua con ávidos lametazos, como un animal en un abrevadero. Todavía persistía aquel olor extraño, pensaba Motopi, ese olor entre acre y húmedo que sólo tienen los leones. ¿Cómo era posible que un niño oliera a león?, se preguntaba.

Capítulo 3

Asuntos del taller

De camino al taller Speedy Motors de Tlokweng Road, Mma Ramotswe decidió que iba a tener que confesárselo todo al señor J.L.B. Matekoni cuanto antes. Era consciente de que se había extralimitado en sus funciones ascendiendo a Mma Makutsi al puesto de subdirectora del taller —a ella le habría molestado sobremanera que él se hubiera tomado la libertad de ascender a su personal— y pensó que lo mejor era contarle todo tal y como había sucedido. Era un buen hombre, y aunque siempre había pensado que Mma Makutsi era un lujo que Mma Ramotswe no podía permitirse, seguro que entendería lo importante que era para ella tener un puesto así. Al fin y al cabo, qué más daba que Mma Makutsi se autodenominara subdirectora, siempre y cuando hiciera el trabajo que se le asignara. Lo malo era lo del aumento de sueldo. Eso iba a ser más complicado.

A última hora de la tarde, metida ya en la mini furgoneta blanca que el señor J.L.B. Matekoni había reparado hacía poco, puso rumbo al taller Speedy Motors de Tlokweng Road. La furgoneta iba de maravilla, ahora que el señor J.L.B. Matekoni había pasado buena parte de sus horas libres hurgando en el motor. Le cambió varias piezas viejas por repuestos nuevos traídos del otro lado de la frontera. El carburador era nuevo, por ejemplo, lo mismo que el juego de frenos. Ahora bastaba con rozar apenas el pedal del freno para que la furgoneta se detuviera en seco con un potente chirrido. Antes de que el señor J.L.B. Matekoni demostrara tal interés en la furgoneta, tenía que bombear el pedal del freno tres o cuatro veces para empezar siquiera a reducir la marcha.

—Ya no me empotraré contra ningún coche cuando quiera frenar —dijo agradecida Mma Ramotswe nada más probar el flamante juego de frenos—. Ahora podré parar donde y cuando quiera.

Aquello pareció alarmar al señor J.L.B. Matekoni.

—Es muy importante que los frenos vayan bien —declaró—. No deje nunca que se deterioren tanto. Usted me avisa y yo me encargo de que estén siempre en excelentes condiciones.

—Eso mismo haré —prometió Mma Ramotswe.

Los coches no le despertaban el menor interés, si bien es cierto que adoraba su mini furgoneta blanca, siempre tan fiel. No lograba entender por qué la gente se pasaba la vida anhelando un Mercedes Benz cuando había tantos otros coches que lo llevaban a uno sano y salvo al destino deseado —y lo traían de vuelta— sin necesidad de gastarse una fortuna en ello. Aquella afición a los coches era cosa de hombres, pensó. Les surgía de pequeños, con esas maquetitas que hacían con alambre, y ya nunca la abandonaban del todo. ¿Qué verán en ellos? Un coche no es más que una máquina como otra cualquiera, por lo tanto cabría esperar un interés similar por una lavadora, o una plancha. Pero no era el caso. Nunca los oías comentar nada de lavadoras.

Llegó a la puerta del taller Speedy Motors de Tlokweng Road y se apeó de la mini furgoneta blanca. Por la ventana que daba a la entrada vio que no había nadie en la oficina, lo que significaba que el señor J.L.B. Matekoni estaría probablemente debajo de algún coche, o supervisando a sus obtusos aprendices, intentando transmitirles algún punto conflictivo de la mecánica. Le había confesado a Mma Ramotswe su desesperación por sacar algún provecho de aquellos chicos, y ella lo había compadecido. No era fácil inculcar a los jóvenes la necesidad de trabajar; esperaban que todo les lloviera del cielo. Ninguno parecía entender que todo lo que tenían en Botswana, y no era poco, se había conseguido a base de mucho esfuerzo y sacrificio. Botswana nunca había pedido dinero, ni por lo tanto se había endeudado como tantos otros países de África. Habían sabido ahorrar metódicamente, y el dinero se gastaba con sumo cuidado; se había dado explicaciones de todos y cada uno de los céntimos, de los thebes, gastados; ninguno había ido a parar al bolsillo de los políticos. «Podemos estar orgullosos de nuestro país —pensaba Mma Ramotswe—; y yo lo estoy. Estoy orgullosa de lo que hizo mi padre, Obed Ramotswe—; estoy orgullosa de Seretse Khama y de cómo se las ingenió para hacer un país nuevo de un lugar olvidado por los británicos. No se habrán preocupado mucho de nosotros —reflexionó—, pero al fin se han enterado de lo que somos capaces de hacer. Y además nos admiran por ello». Había leído unas declaraciones del embajador de Estados Unidos. «Felicitamos a los ciudadanos de Botswana por lo que han sabido hacer», había dicho el embajador. Aquellas palabras la llenaban de orgullo. Sabía que en el exterior, en aquellos países tan lejanos como amenazantes, se tenía muy buen concepto de Botswana.

Era una suerte ser africana. En África sucedían cosas terribles, cosas que podían abochornarte o frustrarte cuando te parabas a pensar en ellas, pero no era eso lo único que había en África. Por mucho que sufrieran los africanos, por muy desgarradora que fuera la crueldad o el caos de los soldados —chiquillos con armas, en realidad— todavía había mucho por lo que enorgullecerse de África. Estaba la amabilidad, por ejemplo, y la capacidad de sonreír, y el arte y la música.

Se dirigió a la entrada del taller. Había dos coches dentro, uno subido a la rampa y el otro estacionado contra la pared, con la batería conectada a un pequeño cargador junto a una de las ruedas delanteras. Vio unos repuestos tirados en el suelo, un tubo de escape y otra pieza que no supo reconocer; también advirtió una caja de herramientas abierta debajo del coche de la rampa. Pero no había rastro del señor J.L.B. Matekoni.

Hasta que uno de ellos no se levantó, Mma Ramotswe no se percató de la presencia de los aprendices. Sentados en el suelo, con la espalda apoyada en un bidón de aceite vacío, se habían enfrascado en el tradicional juego de las piedras. En aquel momento se levantó el más alto, cuyo nombre nunca recordaba, y se limpió las manos en el mono de trabajo.

—Hola, Mma —dijo—. No está. El jefe, digo. Se ha ido a casa.

El aprendiz le sonrió de un modo que a ella le pareció ligeramente ofensivo. Era una sonrisa descarada, la misma que probablemente dedicaría a las chicas en los bailes. Conocía bien a estos jovencitos. El señor J.L.B. Matekoni le había dicho que lo único que les interesaba eran las chicas, y ella no lo dudaba. Pero lo más inquietante era que seguramente habría multitud de chicas interesadas en aquellos jóvenes de pelo engominado y amplias sonrisas blancas.

—¿Por qué se ha ido tan pronto? —preguntó—. ¿Ya no hay más trabajo que hacer? ¿Por eso están los dos sentados?

El aprendiz sonrió. Había algo en su pose que a Mma Ramotswe le hizo pensar que sabía más de lo que parecía, y se preguntaba qué podía ser. ¿O era simplemente altanería, una especie de condescendencia calculada que posiblemente adoptaría con todas las mujeres?

—No —respondió mirando a su amigo de reojo—. Trabajo es justamente lo que sobra. Todavía nos queda el auto que está ahí subido —dijo señalando el vehículo de la rampa con despreocupación.

En aquel momento se levantó el otro aprendiz. Había comido algo que le había dejado un surco de harina alrededor de la boca. ¿Qué dirían las chicas de eso?, pensó Mma Ramotswe con picardía. Se lo imaginaba haciendo gala de sus encantos en presencia de alguna interesada, absolutamente ajeno al surco de harina que le rodeaba la boca. Por muy guapo que se creyese, unos labios perfilados de blanco provocarían más risa que acelerones de corazón.

—El jefe se ausenta mucho últimamente —dijo el segundo aprendiz—. A veces se va a las dos de la tarde y nos deja todo el trabajo a nosotros.

—Y ahí está el problema —intervino el otro—. Nosotros no podemos hacerlo todo. Sabemos mucho de coches, se lo aseguro, pero todavía no hemos aprendido todo lo que hay que aprender.

Mma Ramotswe desvió la mirada hacia el coche de la rampa. Era una de esas viejas camionetas francesas que tanto se veían en algunas partes de África.

—Ese vehículo de ahí, por ejemplo —dijo el primer aprendiz—. Saca mucho humo por el tubo de escape. Un humo que sube y sube y sube, como un nubarrón. Eso significa que la junta se ha roto y que el refrigerante se está filtrando en la cámara del pistón. Por eso sale humo. Muchísimo humo, ya le digo.

—Bien —dijo Mma Ramotswe—. ¿Y por qué no lo arreglan? El señor J.L.B. Matekoni no puede estar todo el día llevándoles de la mano, ¿no les parece?

—¿Y cree que es fácil, Mma? —dijo el más joven con gesto mohíno—. ¿Cree que es fácil? ¿Ha intentado alguna vez quitar la culata del cilindro a un Peugeot? ¿Lo ha hecho alguna vez, Mma?

Mma Ramotswe hizo un gesto con la mano llamando a la calma.

—No lo he dicho por criticarlos —señaló—. ¿Por qué no le piden al señor J.L.B. Matekoni que les enseñe lo que hay que hacer?

El mayor de los dos parecía irritado.

—Eso estaría muy bien, Mma. El problema es que no lo hace. Y encima se va a casa y los que damos la cara con los clientes somos nosotros. Se enfadan mucho, por cierto. Nos dicen: «¿Dónde está el coche? ¿Cómo quieres que vaya a ninguna parte, si tardas una eternidad en arreglarlo? ¡No pretenderás que vaya andando, como los que no tienen coche!» Así mismo nos lo dicen, Mma.

Mma Ramotswe guardó silencio por unos instantes. Era insólito que el señor J.L.B. Matekoni, normalmente tan puntilloso, consintiera aquello en su propio negocio. Gozaba de buena reputación por lo bien que trabajaba y lo poco que tardaba. Si un cliente no quedaba satisfecho con alguno de sus arreglos, estaba en su derecho de volver con el coche para que el señor J.L.B. Matekoni lo revisara de nuevo sin cargo alguno. Así había trabajado siempre, por eso le parecía inconcebible que dejara un coche subido a la rampa a cargo de esos dos aprendices que no parecían saber mucho de motores y que nadie podría asegurar que no emplearían atajos para solucionar problemas.

Decidió apremiar al mayor un poco más.

—¿Estás insinuando —dijo bajando la voz—, estás insinuando que al señor J.L.B. Matekoni no le importan estos coches?

El aprendiz la miró fijamente y tuvo el descaro de sostenerle la mirada. Si tuviera la mínima noción de lo que son buenos modales, pensó Mma Ramotswe, no me sostendría la mirada; miraría para abajo, como corresponde a un menor en presencia de un adulto.

—Sí —respondió sin más—. Desde hace unos diez días o así, el señor J.L.B. Matekoni ha perdido el interés por este taller. Ayer mismo me dijo que estaba pensando irse a su pueblo y que yo me quedara a cargo de todo. Dijo que ya me podía espabilar.

Mma Ramotswe contuvo el aliento. Era evidente que el joven decía la verdad, pero era una verdad nada fácil de creer.

—Y escuche esta otra —dijo el aprendiz limpiándose las manos en un trapo manchado de aceite—. Lleva dos meses sin pagar al de los repuestos. El otro día llamaron cuando él ya se había ido, y yo tuve que responder la llamada, ¿a que sí, Siletsi?

El otro aprendiz hizo un gesto afirmativo con la cabeza.

—Bueno —prosiguió—, el caso es que me dijo que si no pagamos en diez días, no nos venderán un solo repuesto más. Y que se lo dijera así mismo al jefe. Eso me dijo que hiciera.

—¿Y se lo dijo? —preguntó Mma Ramotswe.

—Sí —respondió—. Le dije: un consejo en confianza, Rra, sólo un consejito. Y entonces se lo dije.

Ella lo observaba con atención. Era evidente que disfrutaba con el papel de empleado genuinamente preocupado que le había tocado; un papel, sospechaba, que no había tenido ocasión de representar nunca en su vida.

—¿Y qué pasó después? ¿Cómo reaccionó a su consejo?

El aprendiz se sorbió la nariz y se pasó la mano para limpiarse.

—Dijo que ya se encargaría de eso. Eso es lo que dijo. Pero ¿sabe lo que yo pienso? ¿Quiere que le diga lo que yo creo que está pasando, Mma?

Mma Ramotswe lo miró con expectación.

—Lo que yo pienso es que al señor J.L.B. Matekoni ya no le interesa el taller. Creo que se ha hartado. Y que nos lo quiere traspasar a nosotros. Así él puede irse a cultivar melones a su pueblo. Ya está viejo, Mma. Se ha cansado.

Mma Ramotswe no daba crédito a sus oídos. La total desfachatez de aquella insinuación la dejó sin habla:

¡habrase visto tamaña osadía! El aprendiz, el obtuso aprendiz, más conocido por su ilimitada capacidad de incordiar a las chicas que pasaban por delante del taller, el mismísimo aprendiz que el señor J.L.B. Matekoni vio una vez liarse a martillazos con un motor, venía a decirle ahora que el señor J.L.B. Matekoni ya estaba para retirarse de la escena.

Tardó casi un minuto en serenarse, lo justo como para poder articular palabra.

—Escúcheme bien, jovencito —acertó a decir—, es usted un maleducado. El señor J.L.B. Matekoni no ha perdido el interés por el taller. Y no es ningún viejo. Cumplió cuarenta años hace bien poco, o sea que de viejo no tiene nada, piensen lo que piensen unos mamarrachos como ustedes. Y le diré que no tiene la menor intención de dejarles el taller a cargo, que lo sepan. Eso sería el fin del taller. ¿Está claro?

El aprendiz miró a su amigo buscando apoyo moral, pero éste no apartaba la vista del suelo.

—Sí, Mma. Lo siento.

—Más le vale —dijo Mma Ramotswe—. Y aún le digo más. El señor J.L.B. Matekoni acaba de contratar a una persona para que ocupe la subdirección del taller. Y se va incorporar muy pronto, así que ya pueden ir espabilando.

Aquellas palabras provocaron el efecto esperado en el mayor, que soltó el trapo pringoso y miró angustiado a su amigo.

—¿Y cuándo va a empezar ese hombre? —preguntó con palpable nerviosismo.

—La semana que viene —respondió Mma Ramotswe—. Y es una mujer, por cierto.

—¿Cómo? ¿Una mujer?

—Sí —afirmó ella dándose la vuelta para marcharse ya—. Es una mujer, se llama Mma Makutsi y con los aprendices es muy severa. De modo que se acabó lo de sentarse a jugar a las piedras. ¿Me han entendido?

Asintieron los dos con expresión taciturna.

—En tal caso, ya pueden ir arreglando ese coche cuanto antes —dijo Mma Ramotswe—. Volveré en un par de horas a ver cómo va todo.

Regresó a la furgoneta y se subió al asiento del conductor. Había logrado mostrarse firme con los aprendices, pero firmeza era precisamente lo que no había en su fuero interno. Es más, estaba alteradísima. Sabía por experiencia que cuando una persona empieza a actuar de modo insólito es que algo anda muy mal. El señor J.L.B. Matekoni era un hombre sumamente concienzudo, y los hombres sumamente concienzudos no decepcionan a sus clientes si no es por una razón de peso. Pero ¿cuál era la razón? ¿Tendría algo que ver con la inminente boda? ¿Habría cambiado de parecer? ¿Planeaba salir huyendo?

Mma Makutsi echó la llave a la 1ª Agencia de Mujeres Detectives. Mma Ramotswe se había ido al taller a hablar con el señor J.L.B. Matekoni y le había encomendado que terminara unas cartas y las llevara después a la oficina de correos. Nada de lo que le hubiera pedido le habría parecido excesivo, tal era su entusiasmo por el ascenso y por la noticia del aumento de sueldo. Era jueves, mañana cobraba, aunque fuera el sueldo de antes. Se daría un homenaje como anticipo, pensó, a lo mejor un donuts de camino a casa. Pasaba todos los días por delante de un puesto que vendía donuts y otras frituras, y el aroma era tentador. El único problema era el precio. Un donuts de los grandes valía dos pulas y eso lo convertía en un capricho prohibitivo, sobre todo si pensaba lo que valía una cena entera. Vivir en Gaborone era muy caro; todo costaba el doble que en casa. En el campo, diez pulas duraban una eternidad, pero aquí los billetes de diez pulas desaparecían como el agua.

Mma Makutsi alquilaba una habitación en el patio trasero de una casa cercana a Lobatse Road. La habitación ocupaba la mitad de una choza de ladrillo ligero que daba al patio de atrás y también a un sinuoso sendero, guarida de perros famélicos. Los perros tenían cierta conexión emocional con los ocupantes de aquella barriada, pero daba la impresión de que preferían su propia compañía, pues deambulaban por allí en grupos de dos o de tres. Evidentemente, alguien les daba de comer aunque fuera de pascuas a ramos, lo que no impedía que se les transparentaran las costillas y que anduvieran siempre hurgando en las bolsas de basura en busca de sobras. A veces, cuando Mma Makutsi dejaba la puerta abierta, alguno de ellos se le metía en casa y la miraba fijamente con ojos hambrientos y afligidos hasta que ella lo ahuyentaba sin contemplaciones. Aquello le parecía aún más indigno, si cabe, que lo que sucedía en el trabajo, con esas gallinas que entraban en la oficina y le picoteaban los pies.

Se compró el donuts en el puesto ambulante y se lo comió ahí mismo. Al terminar, se chupó los dedos para quitarse el azúcar pegoteado. Con el hambre ya aplacada, emprendió el camino de regreso a casa. Podía haber ido en autobús, un medio de transporte bastante económico, pero el frescor de la tarde le resultaba agradable para caminar y generalmente no tenía prisa por llegar a casa. Se preguntaba cómo estaría su hermano, si habría tenido un buen día o si la tos lo habría agotado. Aunque estaba muy débil, llevaba unos días algo mejor y ella había podido dormir un par de noches sin interrupciones de sueño.

Su hermano vivía con ella desde hacía dos meses. Llegó a Gaborone tras un largo viaje en autobús desde su pueblo. Mma Makutsi fue a buscarlo a la estación de autobuses, cerca de las vías, y por un momento se quedó mirándolo sin reconocerlo. La última vez que lo vio era más bien robusto, en todo caso tirando a gordo. Ahora era un hombre flaco y encorvado, y su camisa no era más que un colgajo alrededor del torso. Cuando al fin lo reconoció, echó a correr y le cogió la mano, lo que la impresionó sobremanera porque tenía la piel seca y agrietada, y estaba muy caliente. Aunque él intentó impedirlo, Mma Makutsi le cogió la maleta y la cargó hasta el minibús que prestaba servicio a la zona de Lobatse Road.

Después lo instaló en su casa. Dormía en un colchón, en el otro extremo de la habitación. Mma Makutsi colocó un alambre de pared a pared y colgó una cortina para darle un poco de intimidad, para que sintiera que tenía su propio lugar. Pero ella oía su respiración entrecortada y más de una noche se despertaba oyéndolo hablar entre sueños.

—Eres muy amable por alojarme en tu casa —dijo él—. Me siento afortunado de tener una hermana como tú.

Ella le aseguró que no era ninguna molestia y que le gustaba tenerlo en casa, y que podía quedarse a vivir con ella cuando se sintiera mejor y consiguiera trabajo en

Gaborone, aunque sabía bien que aquello no iba a suceder. Él también lo sabía, estaba segura, pero no hablaba nunca de ello ni de la cruel enfermedad que estaba acabando con su vida lentamente, como la sequía acaba secando el paisaje.

En aquel momento, de camino a casa, tenía buenas noticias para darle. A él le interesaba mucho lo que pasaba en la agencia, y siempre le preguntaba hasta el último detalle de la jornada. Su hermano no conocía a Mma Ramotswe —Mma Makutsi no quería que ésta supiera de su enfermedad—, pero tenía una imagen muy viva de su persona, y siempre preguntaba por ella.

—A lo mejor la conozco un día —dijo—. Aprovecharé para agradecerle lo que ha hecho por mi hermana. Si no hubiera sido por ella, no habrías llegado nunca a ser ayudante de detective.

—Es una mujer muy buena.

—Ya lo sé —coincidió—. Me la imagino perfectamente, con su sonrisa y sus grandes mofletes. Os imagino a las dos tomando té. La sola visión me pone muy contento.

Mma Makusi lamentaba no haberle llevado también a él un donuts, pero últimamente andaba desganado y habría sido un desperdicio. Le dolía la boca, le había dicho, y tampoco podía comer mucho con la tos que tenía. A veces no comía más que dos cucharadas de sopa que cocinaba ella en su hornillo de queroseno, y eso con verdadero esfuerzo.

Cuando llegó a casa había alguien en la habitación. Oyó una voz desconocida, y por un momento temió que hubiera sucedido una desgracia en su ausencia, pero al entrar en la habitación, vio que la cortina estaba corrida y que había una mujer sentada en un taburete plegable junto al colchón. Nada más oír la puerta, la mujer se levantó y se acercó a saludarla.

—Soy enfermera del hospicio británico —se presentó—, he venido a ver cómo está su hermano. Me llamo Baleje, hermana Baleje.

La enfermera tenía una sonrisa agradable y a Mma Makutsi le cayó bien de inmediato.

—Es usted muy amable por venir a verlo —dijo Mma Makutsi—. Le escribí esa carta sólo para que supieran que no estaba bien.

La enfermera hizo un gesto afirmativo con la cabeza.

—Ha hecho usted muy bien. Podemos venir a verlo de vez en cuando. Y traerle comida, si hace falta. Algo podemos hacer para ayudar, aunque no sea mucho. Tenemos unos medicamentos que quizá lo ayuden. No son muy fuertes, pero pueden aliviarlo un poco.

Mma Makutsi le dio las gracias y dirigió la mirada hacia su hermano.

—Lo que más le molesta es la tos —señaló—. Eso es lo peor, me parece.

—No es fácil —dijo la enfermera.

Dicho esto, volvió al taburete plegable que estaba junto al hermano y le cogió la mano.

—Tiene que beber más agua, Richard —le dijo—. No puede estar tantas horas sin beber.

El enfermo abrió los ojos y la miró, pero no dijo nada. No acababa de entender qué hacía ahí aquella mujer, tal vez era una amiga de su hermana, pensó, o una vecina.

La enfermera miró a Mma Makutsi y le hizo ademán de sentarse en el suelo junto a ellos. Después, todavía sosteniendo la mano del enfermo, se inclinó ligeramente hacia delante y le acarició la mejilla con suavidad.

—Señor —dijo—, tú que nos ayudas en el padecimiento, ten en cuenta a este pobre hombre y apiádate de él. Pon júbilo en sus días, dale felicidad por su buena hermana, que lo cuida en la enfermedad. Y lleva paz a su corazón.

Mma Makutsi cerró los ojos, apoyó la mano en el hombro de la enfermera y ahí la dejó mientras guardaban silencio.

Capítulo 4

Una visita al doctor Moffat

Mientras Mma Makutsi acompañaba a su hermano, Mma Ramotswe se dirigía en su mini furgoneta blanca a la casa del señor J.L.B. Matekoni, cercana al antiguo Club de las Fuerzas de Defensa de Botswana. Sabía que estaba en casa porque el viejo camión verde que inevitablemente usaba todos los días —a pesar de tener un vehículo bastante mejor estacionado siempre en el taller— estaba junto a la puerta principal, entreabierta por el calor. Mma Ramotswe dejó la mini furgoneta fuera de la verja para no tener que entrar y salir del vehículo para abrir y cerrarla; después se encaminó hacia la puerta, cruzando lo que el señor J.L.B. Matekoni llamaba jardín, aunque no era más que una exigua colección de plantas semiabandonadas.

—¡Ko! ¡Ko! —exclamó desde la puerta—. ¿Está ahí, señor J.L.B. Matekoni?

Oyó una voz procedente del cuarto de estar.

—Sí, Mma Ramotswe, aquí estoy.

Mma Ramotswe entró y advirtió de inmediato el lamentable estado del suelo del recibidor, sin brillo y con una capa de polvo por todas partes. Desde que Florencia, la huraña y desagradable asistenta del señor J.L.B. Matekoni, estaba en la cárcel por tenencia ilícita de armas, la casa presentaba un aspecto de lo más descuidado. Le había recordado en más de una ocasión que buscara una sustituta, al menos hasta que se casaran, y él había prometido hacerlo. Pero no se había puesto en acción, y Mma Ramotswe decidió que lo más sencillo iba a ser llevar a su propia asistenta un día y hacer una limpieza general.

—Los hombres vivirían en medio de un desorden descomunal, si una los dejara —le había comentado a una amiga—. Son incapaces de mantener la casa o el jardín en condiciones. No saben cómo hacerlo.

Cruzó el recibidor y entró en el cuarto de estar. Nada más hacerlo, el señor J.L.B. Matekoni, que estaba tumbado cuan largo era en el incómodo sofá que tenía, se levantó y trató de disimular su aspecto desaliñado.

—Me alegro de verla, Mma Ramotswe —dijo—. Hace días que no la veo.

—Es verdad —respondió ella—. Será porque ha estado usted muy ocupado.

—Sí —afirmó mientras volvía a sentarse—. He estado muy ocupado. Tengo mucho trabajo.

Mma Ramotswe no dijo nada, pero lo observaba con atención. Algo no andaba bien, tal como había vaticinado.

—¿Hay mucho trabajo en el taller? —preguntó.

—Siempre hay mucho que hacer en el taller —respondió con cierta indiferencia—. La gente me trae el coche a todas horas. Coches, coches y más coches; haga esto, haga lo otro, así todo el día. Como si uno tuviera diez pares de manos.

—¿Qué tiene de raro que le lleven sus coches? —preguntó con delicadeza—. ¿Para qué están los talleres, si no es para eso?

El señor J.L.B. Matekoni le dirigió una mirada fugaz y después se encogió de hombros.

—Supongo que tiene razón. Pero es mucho trabajo, ya le digo.

Mma Ramotswe paseó la mirada por la habitación y advirtió la excesiva acumulación de periódicos viejos en el suelo y un montoncito de cartas sin abrir encima de la mesa.

—He estado en el taller —dijo ella—. Esperaba verlo ahí, pero me dijeron que se había ido temprano, y que últimamente se iba temprano todos los días.

El señor J.L.B. Matekoni la miró y al instante desvió la mirada hacia el suelo.

—Me cuesta mucho quedarme ahí todo el día, con tanto trabajo —señaló—. Pero ya se hará, tarde o temprano. Además, están los chicos. Ellos se encargarán de todo.

Mma Ramotswe lo miró boquiabierta.

—¿Esos chicos? ¿Esos obtusos aprendices que tiene? Pero si usted mismo se ha quejado siempre de lo ineptos que son. No pretenderá que sean ellos los que saquen el trabajo adelante. ¿Cómo se le ocurre pensar algo así?

El señor J.L.B. Matekoni no respondió.

—¿Y bien? —insistió Mma Ramotswe—. ¿Qué me responde a eso?

—Ya se las arreglarán —dijo con un tono de voz peculiar, muy apagado—. Hay que dejarlos, ya verá como se espabilan.

Mma Ramotswe se levantó. Era inútil seguir hablándole con ese estado de ánimo tan peculiar, y no parecía que fuera a abandonarlo por el momento. Quizá estaba enfermo. Había oído que una simple gripe podía dejarlo a uno aletargado y apático un par de semanas; tal vez ésa era la sencilla explicación de aquella conducta tan impropia de él. Y si ése era el caso, no había más que esperar a que se le pasara.

—He hablado con Mma Makutsi —anunció mientras se preparaba para irse—. Creo que podrá incorporarse al taller muy pronto. Le he asignado el cargo de subdirectora. Espero que no le moleste.

La respuesta del señor J.L.B. Matekoni la dejó estupefacta.

—Subdirectora, directora, directora general, ministra de talleres... —había dicho—. Lo que más le guste. Da lo mismo, ¿no le parece?

Mma Ramotswe no supo qué responder, de modo que se despidió y dirigió sus pasos hacia la puerta.

—Ah, por cierto —dijo el señor J.L.B. Matekoni según salía—. Creo que me voy a ir al pueblo unos días. Quiero ver cómo va la siembra. Puede que me quede un tiempo por allí.

Mma Ramotswe lo miró fijamente.

—¿Y qué pasará con el taller mientras tanto?

El señor J.L.B. Matekoni suspiró.

—Podría dirigirlo usted. Usted y esa secretaria suya, la subdirectora. Dígale a ella que se haga cargo. Lo hará muy bien, ya lo verá.

Mma Ramotswe apretó los labios.

—Está bien, señor J.L.B. Matekoni —dijo—. Nos ocuparemos nosotras del taller, hasta que empiece a sentirse un poco mejor.

—Yo me encuentro estupendamente —dijo él—. Por mí no se preocupe. Estoy muy bien.

Mma Ramotswe no fue a su casa de Zebra Drive, aunque sabía que los dos hermanos la estarían esperando. Motholeli, la niña, ya habría preparado la cena, cosa que era capaz de hacer sin ayuda ni supervisión de nadie, pese a la silla de ruedas. Y su hermano Puso, muy propenso a armar bulla, ya habría consumido casi toda su energía y estaría pidiendo el baño y la cama, dos tareas que tampoco entrañaban grandes dificultades para Motholeli.

En lugar de volver a casa, Mma Ramotswe giró a la izquierda y se metió en Kudu Road. Dejó atrás una hilera de bloques de pisos y se dirigió a Odi Way, la calle donde vivía su amigo, el doctor Moffat. El doctor Moffat, antiguo director del hospital de Mochudi, había atendido a su padre y siempre estaba dispuesto a escucharla cuando venían mal dadas. A él, antes que a nadie, le había confiado los sinsabores de Note y fue él quien le dijo, con mucho tacto, que esos hombres no cambiaban nunca.

—No espere que se convierta en otro hombre de la noche a la mañana —le había dicho—. Esa gente rara vez cambia.

Era un hombre muy ocupado, como cabe esperar, y ella no quería molestarlo, pero decidió ir a verlo por si sabía a qué podía deberse el insólito comportamiento del señor J.L.B. Matekoni. ¿Habría alguna extraña infección circulando que dejara a la gente cansada y apática? ¿Y cuánto duraba, llegado el caso?

El doctor Moffat acababa de volver a su casa. La recibió cálidamente en la puerta y la hizo pasar a su despacho.

—Estoy preocupada por el señor J.L.B. Matekoni —le contó—. Me gustaría hablarle de él.

El doctor Moffat la escuchó unos minutos y al rato la interrumpió.

—Creo que ya sé lo que puede ser —anunció—. Existe una patología llamada depresión. Es una enfermedad como otra cualquiera, y bastante frecuente. Por lo que me cuenta, es muy posible que el señor J.L.B. Matekoni esté deprimido.

—¿Y podría usted tratarlo?

—En general, suele ser fácil —dijo el doctor Moffat—, siempre y cuando sea depresión lo que tiene, claro está. Hoy en día hay unos antidepresivos muy eficaces. Si no hay complicaciones, que no tiene por qué haberlas, podría empezar a sentirse algo mejor en unas tres semanas, si no antes. Las pastillas tardan unos días en hacer efecto.

—Le diré que venga a verlo inmediatamente —dijo Mma Ramotswe.

El doctor Moffat se mostró un tanto dudoso.

—A veces creen que no les pasa nada —dijo—. Puede que no quiera venir. Una cosa es que yo le oriente a usted sobre el problema y otra es que él quiera tratarse. Mientras no lo pida él, no hay nada que hacer.

—De eso me encargo yo —sentenció Mma Ramotswe—. Se lo aseguro, doctor. El señor J.L.B. Matekoni vendrá a pedirle consejo, créame.

El doctor Moffat sonrió.

—Cuidado, Mma Ramotswe —añadió—. Estas cosas pueden ser delicadas.

Capítulo 5

El hombre del Gobierno

A la mañana siguiente, Mma Ramotswe llegó a la 1ª Agencia de Mujeres Detectives antes que Mma Makutsi. Aquello era una singularidad. Normalmente, Mma Makutsi llegaba primero para despachar la correspondencia y preparar el té antes de que llegara Mma Ramotswe en su mini furgoneta blanca. Pero tenía un día duro por delante y Mma Ramotswe quiso hacer una lista de todo lo que tenía que hacer.

—Hoy ha llegado muy temprano, Mma —comentó Mma Makutsi—. ¿Pasa algo?

Mma Ramotswe reflexionó unos instantes. Como pasar, pasaba muchísimo, pero no quería desanimar a Mma Makutsi y decidió poner al mal tiempo buena cara.

—No, no pasa nada —respondió—. Pero tenemos que empezar a pensar en la mudanza. Además, empieza a ser urgente que vaya al taller a poner orden. El señor J.L.B. Matekoni no se encuentra bien y es probable que se ausente unos días. De modo que además de subdirectora, será directora en funciones del taller. Es más, ése será su cargo a partir de ahora.

Mma Makutsi sonrió entusiasmada.

—Haré todo lo posible por ser una buena directora en funciones —señaló—. Le prometo que no la defraudaré.

—Claro que no —dijo Mma Ramotswe—. Sé lo bien que hace su trabajo.

Durante la hora que siguió trabajaron en cordial silencio. Mma Ramotswe hizo un borrador de todo lo que tenía que hacer, después tachó algunas cosas y añadió otras. El mejor momento de emprender cualquier tarea era a primera hora de la mañana, sobre todo en verano. Durante los meses de calor, antes de las lluvias, la temperatura subía tanto a lo largo del día que hasta el cielo parecía teñirse de blanco. En el frescor de la mañana, cuando el sol apenas calentaba la piel y el aire todavía era fresco y vigorizante, todo parecía posible; pero después, bajo el sol abrasador, cuerpo y mente se aletargaban por igual. Por la mañana se podía pensar, hacer listas de lo que uno se proponía hacer; por la tarde no se pensaba más que en el fin de la jornada y en la feliz perspectiva de aliviarse del calor. Ése era el único inconveniente de Botswana, pensó Mma Ramotswe. Sabía que era el mejor país del mundo para vivir, todo Botswana lo sabía, pero si se pudiera rebajar un poco el calor de los tres meses de verano sería aún más perfecto.

A las nueve en punto, Mma Makutsi preparó una taza de té rooibos para Mma Ramotswe y una taza de té común para ella. Había intentado acostumbrarse al té rooibos —y lo tomó religiosamente los primeros meses— pero acabó confesando que no le gustaba el sabor. A partir de entonces, siempre hacía dos teteras, una para ella y otra para Mma Ramotswe.

—Es demasiado fuerte —había sentenciado—. Y para mi gusto, huele a ratas.

—Qué va a oler a ratas —protestó Mma Ramotswe—. Lo que pasa es que es un té para paladares entendidos. El otro es de batalla.

Interrumpían el trabajo para tomarse el té. Tenían por costumbre aprovechar aquellos descansos para ponerse al día sobre algún chisme de actualidad, sin pretender abordar temas más elevados. Mma Makutsi le preguntó por el señor J.L.B. Matekoni y recibió un breve informe del frustrante encuentro que tuvo Mma Ramotswe con él.

—Como si no tuviera interés por nada —dijo—. Ya podía decirle que su casa se estaba incendiando, que ni se habría inmutado. Es muy raro.

—Yo he visto a más de uno así —dijo Mma Makutsi—. A una prima mía la internaron en el hospital ese de Lobatse, yo iba mucho a verla. Muchos de los internos no hacían más que mirar el cielo todo el día. Otros gritaban a las visitas, no sabe cómo gritaban. Y sin motivo aparente.

Mma Ramotswe se molestó.

—Ahí es donde llevan a los locos —dijo—. Yo no estoy diciendo que el señor J.L.B. Matekoni se esté volviendo loco.

—Por supuesto que no —se apresuró a decir Mma Makutsi—. Jamás se volvería loco el señor J.L.B. Matekoni. Es lo último que haría.

Mma Ramotswe dio un sorbo de té.

—De todos modos, quiero que vaya a ver a un médico —dijo—. Me han dicho que hay tratamiento para este trastorno singular. Se llama depresión. Le pueden recetar pastillas.

—Eso es buena noticia —señaló Mma Makutsi—. Verá qué pronto se recupera. Estoy segura.

Mma Ramotswe le pasó la taza de té para que se la volviera a llenar.

—¿Y cómo está su familia de Bobonong? —preguntó—. ¿Están todos bien?

—Muy bien, gracias, Mma —respondió mientras le servía más té, de un rojo intenso.

Mma Ramotswe suspiró.

—A veces creo que es más fácil vivir en Bobonong que aquí en Gaborone. Aquí hay que lidiar con todo tipo de problemas. En cambio, ¿qué hay en Bobonong? Nada. Rocas por aquí y por allá, eso es todo.

Hizo una breve pausa.

—Por otra parte, es un lugar muy bonito, Bobonong, qué duda cabe. Un lugar precioso.

Mma Makutsi se echó a reír.

—No hace falta que se esfuerce, Mma —dijo—. Hasta yo misma me río. No es un lugar para todos los gustos. A mí por lo menos no me gustaría volver, ahora que sé lo que es vivir en Gaborone.

—Sería un desperdicio que fuera para allá —comentó Mma Ramotswe—. ¿De qué le serviría un diploma de la Escuela de Secretariado de Botswana en un lugar como Bobonong? Se lo comerían las hormigas.

Mma Makutsi desvió la mirada hacia la pared que exhibía el diploma enmarcado de la Escuela de Secretariado de Botswana.

—Que no se nos olvide llevárnoslo a la nueva oficina cuando hagamos la mudanza, Mma —señaló—. No me gustaría dejarlo aquí.

—Claro que no —le aseguró Mma Ramotswe, que no tenía títulos de nada—. Ese diploma es importante para los clientes. Les da confianza.

—Gracias —respondió Mma Makutsi.

Finalizado el descanso, Mma Makutsi se dispuso a fregar las tazas en el depósito de agua que había en la parte trasera del edificio, y fue nada más volver cuando llegó el cliente. Era el primer cliente desde hacía más de una semana, y ninguna de las dos estaba preparada para aquel hombre alto y apuesto que había llamado a la puerta, a la manera tradicional de Botswana, y esperado respetuosamente a que lo invitaran a pasar. Tampoco estaban preparadas para asimilar que el coche que lo había traído, con chófer uniformado y todo, era un Mercedes Benz oficial.

—¿Sabe quién soy yo, Mma? —dijo respondiendo a la invitación de tomar asiento frente al escritorio de Mma Ramotswe.

—Cómo no, Rra —afirmó Mma Ramotswe con cortesía—. Usted está metido en política. Es un hombre del Gobierno. He visto su fotografía en los periódicos más de una vez.

El hombre hizo un ademán de impaciencia con la mano.

—Sí, sí. Pero ¿sabe quién soy cuando no ejerzo de político?

Mma Makutsi tosió con educación, y el hombre se dio media vuelta para mirarla.

—Le presento a mi ayudante —anunció Mma Ramotswe—. Está al tanto de todo.

—Usted es pariente de uno de los jefes supremos —dijo Mma Makutsi—. Su padre es primo de esa familia. Lo sé porque yo también soy de ahí.

El hombre sonrió.

—Efectivamente.

—Y su mujer —prosiguió Mma Ramotswe— está emparentada con el rey de Lesoto, si no me equivoco. También he visto una fotografía de ella.

El hombre del Gobierno dio un silbido en señal de aprobación.

—¡Muy bien, muy bien! Veo que he venido al lugar adecuado. Parece que están muy bien informadas.

Mma Ramotswe dirigió una mirada complaciente a Mma Makutsi y asintió con la cabeza al tiempo que esbozaba una sonrisa.

—Es nuestro trabajo estar bien informadas —dijo—. De qué serviría un detective privado que no supiera de nada. La información es nuestra fuente de trabajo, a eso nos dedicamos. Ésa es nuestra función. Así como la suya es dar órdenes a los funcionarios.

—Dar órdenes no es lo único que hago —respondió el hombre ligeramente malhumorado—. También hago política. Y tomo decisiones.

—Por supuesto —puntualizó Mma Ramotswe a toda prisa—. Supongo que no debe de ser nada fácil ser gobernante.

—No lo es —concedió él—. Y cuando se está angustiado, aún se pone peor. Me despierto todas las noches entre las dos y las tres de la madrugada y tengo que sentarme en la cama porque la angustia me impide hacer otra cosa. Después ya no me puedo dormir. Lo malo es que a la hora de tomar decisiones por la mañana se me nubla la cabeza y no puedo ni pensar. En fin, eso es lo que pasa cuando uno está angustiado.

Mma Ramotswe sabía que estaban acercándose al motivo de la consulta. Era más fácil llegar al meollo con esa táctica, permitiendo que sea el cliente quien saque el tema, aunque sea indirectamente, en lugar de someterlo a un interrogatorio de buenas a primeras. Le parecía menos brusco entrar en materia de ese modo.

—Nosotras podemos ayudarlo con la angustia. A veces, hasta logramos que desaparezca del todo.

—Eso he oído —dijo el hombre del Gobierno—. Dicen que es capaz de hacer milagros. Así mismo me lo han dicho.

—Es usted muy amable, Rra.

Hizo una breve pausa para analizar las distintas posibilidades. Era muy probable que fuese infidelidad, uno de los problemas más frecuentes entre los clientes que iban a consultarla, sobre todo si, como aquel hombre del Gobierno, tenían trabajos muy exigentes que los ausentaban de casa muchas horas. Claro que también podía ser un asunto de política, en cuyo caso pisaría terreno nuevo. No sabía nada del funcionamiento interno de los partidos, aparte de los enredos y las maquinaciones que uno intuye. Había leído todo tipo de artículos sobre los presidentes americanos y la cantidad de problemas que tenían, siempre con algún escándalo de faldas o de robos y demás. ¿Sería igual en Botswana? Seguro que no, y si así fuera, ella decidiría no involucrarse. No se veía hablando con informantes en una esquina oscura a las tantas de la noche, o cuchicheando con periodistas en los bares. Por otra parte, estaba segura de que a Mma Makutsi le haría mucha ilusión…

El hombre del Gobierno levantó la mano, como queriendo imponer silencio. Era un gesto autoritario, pero por algo era el vástago de una familia influyente. Quizá estas cosas eran congénitas.

—Supongo que puedo hablar con total confidencialidad —dijo mirando por un instante a Mma Makutsi.

—Mi ayudante es de absoluta confianza —respondió Mma Ramotswe—. Se lo aseguro, quédese tranquilo.

El hombre entrecerró los ojos.

—Eso espero. Conozco a las mujeres. Les gusta mucho hablar de más —comentó.

Mma Makutsi la miró con ojos desorbitados, absolutamente indignada.

—Le puedo asegurar, Rra —dijo Mma Ramotswe con férrea determinación— que la 1ª Agencia de Mujeres Detectives se rige por un estricto principio de confidencialidad. El más estricto principio de confidencialidad. Y no lo digo sólo por mí, sino por la dama que ve usted ahí sentada, Mma Makutsi. Si tiene alguna duda a este respecto, mi consejo es que se busque otros detectives. Por nosotras, no hay inconveniente.

Hizo una breve pausa antes de continuar.

—Y otra cosa, Rra. En este país se habla mucho y los que más hablan, en mi opinión, son los hombres. Las mujeres suelen estar demasiado atareadas como para perder el tiempo hablando.

Dicho esto, apoyó los brazos en el escritorio y cruzó las manos. Ya lo había soltado, ahora no cabría sorprenderse si el hombre del Gobierno se levantaba y se iba. Un hombre de su posición no está acostumbrado a que nadie le hable así y seguro que no lo iba a encajar bien.

El hombre guardó silencio unos instantes, sin dejar de mirarla a los ojos.

—Bueno —dijo al fin—. De acuerdo, tiene usted razón. Lamento haber insinuado que no pueden guardar un secreto.

Acto seguido se volvió hacia Mma Makutsi y añadió:

—Lamento haber insinuado tal cosa de usted, Mma. Ha sido una torpeza por mi parte.

Mma Ramotswe sintió que la tensión se desvanecía.

—Está bien —dijo—. ¿Por qué no nos cuenta lo que le preocupa? Mi ayudante va a poner agua a hervir. ¿Le gusta el té rooibos, o prefiere té común?

—Rooibos —resolvió el hombre del Gobierno—. Va muy bien para la angustia, tengo entendido.

—Puesto que saben quién soy —comenzó a decir el hombre—, no tengo que remontarme al principio, o al menos al principio de todo. Soy hijo de un hombre importante, como ya saben. Y soy el mayor, lo que significa que seré el próximo cabeza de familia cuando Dios venga a buscar a mi padre. Pero espero que aún falten muchos años para eso.

»Tengo dos hermanos. Uno está mal de la cabeza y no habla con nadie. Nunca ha hablado con nadie y nunca se ha interesado por nada desde que era niño. De modo que lo mandamos a un puesto ganadero y ahí vive desde entonces, tan contento. Nunca sale de ahí y no nos da ningún problema. Lo único que hace todo el día es contar el ganado. Cuando termina, vuelve a empezar. Eso es lo que quiere hacer en la vida, a sus treinta y ocho años.

»Después está mi otro hermano, que es mucho más joven que yo. Yo tengo cincuenta y cuatro años y él sólo veintiséis. Es hermano de padre, no de madre. Mi padre es chapado a la antigua y tiene dos esposas, la más joven es su madre. Tuvieron muchas niñas, yo tengo nueve hermanas de distintas madres, casi todas se han casado ya y tienen su propia familia. Como ven, somos una familia muy numerosa, pero a la vez escasa en cuanto a número de hombres importantes. En realidad sólo somos dos, yo y mi hermano de veintiséis años, que se llama Mogadi.

»Yo quiero mucho a mi hermano. Como soy bastante mayor que él, tengo muchos recuerdos de cuando era bebé. Después creció y yo le enseñé muchas cosas. Le enseñé a buscar orugas mopane, le enseñé a atrapar hormigas voladoras cuando salen de sus agujeros con las primeras lluvias, a distinguir lo que se puede comer en la sabana y lo que no.

»Un día me salvó la vida. Estábamos en uno de los puestos ganaderos, donde mi padre guarda parte del ganado. Había unos basarwa por allí, porque el puesto de mi padre no está lejos del asentamiento que tienen los basarwa nada más salir del Kalahari. Es un lugar muy seco, pero mi padre construyó un molino de viento que bombea agua para el ganado. Hay mucha agua debajo de la tierra, y además está muy buena. A los basarwa les gustaba acercarse a beberla cuando andaban cerca, también hacían pequeños trabajos para mi padre a cambio de leche y, con suerte, un pedazo de carne. Respetaban mucho a mi padre porque nunca les pegaba, a diferencia de otros que no dudaban en atizarlos con el *sjambok*. A mí nunca me ha parecido bien que les peguen. Nunca.

»Quise llevar a mi hermano a ver a unos basarwa que vivían debajo de un árbol, cerca de donde estábamos. Tenían hondas de piel de avestruz y quería conseguir una para mi hermano. Yo llevaba carne para ofrecérsela a cambio. A lo mejor, si había suerte, hasta nos daban un huevo de avestruz.

»Acababa de terminar la época de lluvias y la hierba era abundante, había hierba fresca y flores por todas partes. Ya sabe usted, Mma, cómo cambia el paisaje de esa zona después de las primeras lluvias. De un día para otro, la tierra se ablanda y se cubre de flores. Es un espectáculo, y por un momento se olvida uno del calor y de la sequedad que había hasta entonces. Íbamos por una senda que habían allanado los animales con sus pezuñas, yo delante y mi hermanito justo detrás. Él llevaba un palo largo que arrastraba por el suelo. Yo disfrutaba mucho de estar ahí con mi hermano pequeño, en medio de toda aquella hierba que serviría para engordar el ganado nuevamente.

»De pronto me gritó y yo me detuve de inmediato. Camuflada entre la hierba que nos rodeaba, había una serpiente con la cabeza erguida y la boca abierta, siseando. Era una serpiente grande, más o menos de mi altura, y ya había alzado el cuerpo más de medio metro. Cuando vi qué serpiente era se me heló la sangre.

»Me quedé inmóvil porque sabía que al menor movimiento me atacaría, y la tenía muy cerca. Ella no me quitaba los ojos de encima, esos ojos huraños que tienen las mambas. Estaba seguro de que me iba a atacar sin que yo pudiera hacer nada.

»En aquel momento oí un chasquido y advertí que mi hermanito, que no tendría más de once o doce años, estaba acercando el palo hacia la serpiente, apoyando la punta en el suelo y avanzando hacia ella muy lentamente. La serpiente movió la cabeza y, sin darnos tiempo a reaccionar siquiera, mordió el extremo del palo. Gracias a eso, tuve el tiempo justo de darme la vuelta, coger a mi hermano y echar a correr por la senda. La serpiente desapareció. Había mordido el palo y quizá se había roto un colmillo. No sé lo que le pasó, el caso es que decidió no seguirnos.

»Eso me salvó la vida. Usted sabe muy bien, Mma, lo que pasa cuando una mamba muerde a alguien. No lo cuenta. Aquel día supe que le debía la vida a mi querido hermano.

»Eso fue hace catorce años. Ahora ya no paseamos tanto por la sabana, pero lo sigo queriendo mucho, por eso me quedé tan mal cuando vino a verme a Gaborone para decirme que se iba a casar con una chica que había conocido en la universidad. Mi hermano estudiaba ciencias y, al parecer, se le cruzó esta chica de Mahalapye. A su padre lo conozco porque es empleado de uno de nuestros ministerios. Lo he visto más de una vez sentado debajo de un árbol en compañía de otros funcionarios, durante la hora del almuerzo. Ahora le ha dado por saludarme con la mano cada vez que paso por delante en coche. Al principio le respondía el saludo, pero ya me he cansado. ¿Acaso tengo que saludarlo todo el tiempo, sólo porque su hija haya conocido a mi hermano?

»Mi hermano está viviendo en la granja que tenemos al norte de Pilane. La dirige muy bien y mi padre está muy contento con él. De hecho, le ha regalado la granja, y ahora es suya. Eso lo convierte en un hombre adinerado. Yo tengo otra granja que también era de mi padre, de modo que no es envidia lo que me mueve, créame. Mogadi se casó con esta chica hace unos tres meses y ella se fue a vivir a la granja. Mis padres viven allí. Mis tías también pasan buena parte del año en la granja. La casa es muy grande y hay lugar para todos.

»Mi madre no quería que esta chica se casara con mi hermano. Decía que no iba a ser buena esposa y que no traería más que desgracias a la familia. Yo tampoco la veía con buenos ojos, pero porque sabía el verdadero motivo que la había llevado a casarse con mi hermano. No es amor, ni nada que se le parezca. Mi teoría es que su padre la alentó a hacerlo por la sencilla razón de que el futuro marido era de familia ilustre y adinerada. Nunca me olvidaré, Mma, cómo contemplaba la casa cuando fue a hablar del matrimonio con mi padre. Reparaba en todo con los ojos muy abiertos, unos ojos llenos de avaricia, y le puedo asegurar que por dentro iba sumando el valor de todo lo que contemplaba. Hasta osó preguntarle a mi hermano cuánto ganado tenía. ¿Se imagina? ¡Cuánto ganado tenía! ¡Él, que no tiene una sola res!

»Yo acepté la decisión de mi hermano, aun sabiendo que era una mala decisión, y traté de ser lo más cordial que pude con su nueva esposa. Pero no me resultaba fácil. Pronto advertí que su intención era poner a mi hermano en contra de su familia. Es evidente que se ha propuesto echar a mis padres de la granja, y además es muy desagradable con mis tías. Como una avispa encerrada en una casa, que lo único que hace es zumbar y tratar de picar a quien se ponga por delante.

»Como ve, la situación era preocupante, pero no pasaba a mayores. Lo malo es que hace poco sucedió algo que me angustió todavía más. Hace unas semanas fui a ver a mi hermano. Cuando llegué me dijeron que no se encontraba bien. Entré en su habitación y me lo encontré en la cama, agarrándose el estómago. Había comido algo en malas condiciones, me dijo; carne podrida, al parecer.

»Le pregunté si había ido al médico y me dijo que no era para tanto y que pronto se le pasaría, aunque en aquel momento se sintiera francamente mal. Después fui a hablar con mi madre, que estaba sentada en la galería, sola.

»Me hizo señas para que me sentara a su lado y cuando comprobó que no había nadie cerca, me contó lo que le rondaba la cabeza.

»—Esa esposa de tu hermano se ha propuesto envenenarlo —me dijo—. La vi entrar en la cocina antes de que le sirvieran la comida. La vi con mis propios ojos. A tu hermano le dije que no se terminara la carne porque me parecía que estaba podrida. Si no se lo hubiera dicho, se habría comido todo el plato y ya estaría muerto. Lo quiere envenenar, te lo digo yo.

»Le pregunté por qué haría una cosa así.

»—Se acaba de casar con un marido rico, ¿por qué va a querer deshacerse de él tan pronto?

»Mi madre se echó a reír.

»—Porque será mucho más rica como viuda que como esposa —respondió—. Según el testamento de tu hermano, si él muere antes de tener hijos, ella hereda todo su patrimonio. La granja, esta casa, todo. Y cuando eso suceda nos echará a todos, incluidas las tías. Pero primero tiene que matarlo.

»Al principio pensé que aquello era absurdo, pero cuanto más lo pienso, más claro veo que constituye un motivo en toda regla, y no me extrañaría nada que fuera verdad. Con mi hermano no puedo hablar de ello porque no admite la menor crítica de su esposa, por eso pensé que sería más oportuno contratar a alguien ajeno a la familia para que analice la situación y nos diga qué está pasando.

Mma Ramotswe levantó la mano para interrumpirlo.

—Para eso está la policía, Rra. A mí me parece que esto es asunto de la policía. Ellos tratan con envenenadores y personas por el estilo todos los días. Nosotras no somos esa clase de detectives. Ayudamos a la gente con los problemas que surgen en sus vidas cotidianas. No nos dedicamos a resolver crímenes.

Según lo decía, advirtió el semblante cariacontecido de Mma Makutsi. Sabía que su ayudante tenía otra visión del papel de los detectives; ahí estaba la diferencia, pensó Mma Ramotswe, entre tener casi cuarenta años y tener veintiocho. Con casi cuarenta años —o incluso con cuarenta, si uno se ponía selectivo con las citas— ya no se buscaban emociones fuertes; pero a los veintiocho, cuantas más emociones de ese tipo hubiera en el horizonte, más ganas de meterse en ellas de cabeza. Mma Ramotswe lo comprendía perfectamente. Cuando ella se casó con Note Mokoti, anhelaba el glamour que rodea a la mujer de un músico famoso, un hombre que acaparaba todas las miradas al entrar en cualquier sitio, un hombre cuya voz misma evocaba las apasionantes melodías de jazz que sacaba de su reluciente trompeta Selmer. Cuando se deshizo el matrimonio, tras un tiempo tan breve como lamentable, y con un único recuerdo cristalizado en aquella triste y diminuta lápida que rememoraba la corta vida de su bebé prematuro, lo que más anhelaba era una vida estable y ordenada. Tenía muy claro que emoción no era precisamente lo que ella buscaba; además, Clovis Andersen, autor de aquella biblia del oficio, *Principios básicos para detectives privados*, decía con toda claridad en la segunda página, si no era en la primera, que el que se hacía detective privado para poner un poco de emoción en su vida, cometía un grave error, pues no entendía la esencia de la profesión. «Nuestro trabajo —decía un párrafo que se sabía de memoria, y que había leído de cabo a rabo a Mma Makutsi cuando la contrató—, es ayudar a quien necesite resolver cuestiones no resueltas de sus vidas. Hay poco dramatismo en nuestra profesión; en realidad, no es más que un minucioso proceso de observación, deducción y análisis. Somos vigilantes sofisticados, observamos e informamos; nuestro trabajo no tiene nada de romántico y los que busquen romanticismo en él, más les vale dejar este manual ahora mismo y dedicarse a otra cosa».

A Mma Makutsi se le pusieron los ojos vidriosos cuando Mma Ramotswe le leyó aquel párrafo. Ya entonces demostró tener un concepto muy distinto de la profesión. Pero ahora que tenían delante nada menos que a un hombre del Gobierno hablándoles de enredos familiares y posibles muertes por envenenamiento, ella sentía que al fin se les presentaba una investigación que les permitiría hincar el diente a algo más apetitoso. Pero justo cuando estaba al caer, Mma Ramotswe parecía empeñada en disuadir al cliente.

El hombre del Gobierno había fijado la mirada en Mma Ramotswe. Su intervención lo había contrariado y hacía verdaderos esfuerzos por controlar su desagrado. Mma Makutsi advirtió el tembleque del labio superior mientras escuchaba a Mma Ramotswe.

—No puedo acudir a la policía —dijo, tratando por todos los medios de emplear un tono normal—. ¿Qué podría decirles? Siempre piden pruebas, incluso a mí me las pedirían Me dirán que no pueden entrar en esa casa y arrestar a una esposa que asegurará no haber hecho nada malo, y menos con el marido diciéndoles: «Esta mujer no ha hecho nada. ¿Se puede saber de qué me están hablando?».

Hizo una pausa y miró a Mma Ramotswe con la sensación de haber presentado argumentos más que de sobra para defender su caso.

—¿Lo entiende ahora? —dijo con brusquedad—. Si la policía no puede hacer nada, será cuestión de acudir a un detective privado, digo yo. Para eso están ustedes, ¿no? ¿Qué me responde, Mma?

Mma Ramotswe le devolvió la mirada, lo que en sí mismo ya era una postura reveladora. En la sociedad tradicional, no habría estado bien visto que fijara la mirada en los ojos de un hombre de su posición. Se habría considerado una grosería mayúscula. Pero los tiempos habían cambiado, y ella era ciudadana de la moderna República de Botswana, con una Constitución que garantizaba la dignidad de todos y cada uno de los ciudadanos, incluyendo mujeres detectives. La Constitución se respetaba desde 1966, desde el mismísimo día en que se arrió la bandera de Reino Unido en el estadio y en su lugar se izó la maravillosa bandera azul, entre vítores y aclamaciones de la multitud. Aquello había sido una proeza que ningún otro país de África, ni uno solo, podía igualar. Al fin y al cabo, ella era Precious Ramotswe, la hija del difunto Obed Ramotswe, un hombre de dignidad y valía equiparables a las de cualquier otro hombre, fuese o no fuese de familia ilustre. Él había podido mirar a todo el mundo a los ojos, hasta el día de su muerte, y ella no iba a ser menos.

—Soy yo la que decide si tomo o no tomo un caso, Rra —dijo—. No siempre puedo ayudar a todo el que viene a consultarme. Intento hacerlo en la medida de lo posible, pero si no puedo, no tengo más remedio que decir que lo lamento y que no lo puedo ayudar. Así trabaja la 1ª Agencia de Mujeres Detectives. En su caso, no veo cómo podríamos descubrir lo que necesitamos. Es un asunto familiar. No veo cómo un extraño va a poder averiguar nada.

El hombre del Gobierno guardaba silencio. Miró a Mma Makutsi, pero ésta bajó los ojos.

—Ya veo —dijo al cabo de unos instantes—. Lo que creo es que no quiere usted ayudarme, Mma. Bueno, me da un disgusto, que lo sepa.

Hizo una pausa.

—¿Tiene usted permiso de habilitación para este negocio, Mma?

Mma Ramotswe se quedó atónita.

—¿Permiso de habilitación? ¿Hay alguna ley que exija un permiso para ser detective privado?

El hombre sonrió, pero su mirada era fría.

—Probablemente no. No lo he comprobado. Pero podría haberla. Ya sabe, regulación. Los negocios tienen que estar regulados. Por eso tenemos permisos de vendedor ambulante, por ejemplo, o de tendero; permisos que podemos quitar oportunamente si la persona no resulta apropiada para ser vendedor ambulante o tendero. Ya sabe cómo funcionan estas cosas.

Fue Obed Ramotswe quien respondió; Obed Ramotswe a través de la boca de su hija, de su Precious.

—No oigo bien lo que dice, Rra. No oigo nada.

Mma Makutsi irrumpió en escena desde su escritorio haciendo mucho ruido con unos papeles.

—Tiene toda la razón, Mma —sentenció—. Sería absurdo ir a ver a esa mujer y preguntarle si está tramando matar a su marido. Eso no funcionaría.

—No —dijo Mma Ramotswe—. Por eso no podemos hacer nada en este asunto.

—Por otra parte —se apresuró a decir Mma Makutsi—, se me ha ocurrido una idea. Creo que sé cómo se podría abordar la cuestión.

El hombre del Gobierno giró en redondo para mirar de frente a Mma Makutsi.

—¿Qué se le ha ocurrido, Mma?

Mma Makutsi tragó saliva. Sus gafas portentosas parecían iluminadas por el intenso resplandor de la idea.

—Bien —comenzó a decir—. Es importante entrar en la casa y escuchar lo que dicen sus ocupantes. Es importante observar a esa mujer que trama cosas tan siniestras. Es importante investigar su corazón.

—Bien dicho —afirmó el hombre del Gobierno—. Eso es justo lo que quiero que hagan, que investiguen su corazón y encuentren la maldad que hay en él. Después lo enfocan con una linterna y le dicen a mi hermano: «¡Ahí lo tiene! ¡Vea el perverso corazón de su esposa con sus propios ojos! ¡Mire cómo conspira una y otra vez, no hace otra cosa!».

—No sería tan sencillo —señaló Mma Ramotswe—. Nada es tan sencillo en la vida. Y usted lo sabe.

—Por favor, Mma —dijo el hombre—. Oigamos a esta sabia mujer de gafas. Tiene muy buenas ideas.

Mma Makutsi se ajustó las gafas y prosiguió el relato.

—En la casa habrá sirvientes, me figuro.

—Cinco —respondió el hombre del Gobierno—. Y fuera de la casa también. Algunos cuidan el ganado. Después están los antiguos sirvientes de mi padre, ya mayores. No pueden trabajar, pero se sientan al sol en la puerta de casa y mi padre los alimenta bien, a juzgar por lo gordos que están.

—Ahí lo tenemos —dijo Mma Makutsi—. Los sirvientes de la casa lo ven todo. ¿Acaso la sirvienta no explora todos los días la cama del matrimonio? ¿Y el cocinero? El cocinero explora los estómagos. Los sirvientes están siempre ahí, observando, observando todos los movimientos y cambiando impresiones entre ellos. Los sirvientes se enteran de todo.

—De modo que podrían ir y hablar con ellos —dijo el hombre—. Pero ¿querrán ellos hablar con ustedes? Temerán por su trabajo. Callarán y dirán que no pasa nada.

—Ah, pero Mma Ramotswe sabe cómo hablar a la gente —replicó Mma Makutsi—. Todo el mundo le cuenta cosas. Eso lo he visto yo. ¿No puede conseguir que se aloje en casa de sus padres unos días? ¿No lo podría arreglar?

—Claro que puedo —dijo el hombre del Gobierno—. Les diré que una mujer que me ha hecho muchos favores en política necesita alejarse de Gaborone unos días por una serie de problemas que han surgido. Estoy seguro de que la alojarán.

Mma Ramotswe dirigió la mirada a Mma Makutsi. No correspondía que una ayudante hiciera este tipo de sugerencias, especialmente a efectos de apremiarla para que acepte un caso que no deseaba aceptar. Iba a tener que hablar con ella, pero no quería avergonzarla delante de un hombre de modales tan autoritarios y con tanto orgullo. Aceptaría el caso, pero no porque su amenaza apenas disimulada hubiera funcionado, una amenaza que había resistido estoica diciendo que no oía nada, sino porque le habían presentado la manera de descubrir lo que necesitaban descubrir.

—Muy bien —dijo—. Nos ocuparemos del asunto, Rra. Pero no por lo que haya podido usted decir, sobre todo lo que no pude oír.

Hizo una pausa para darle tiempo a asimilar bien aquellas palabras antes de añadir:

—Decidiré el plan de acción una vez ahí. Usted no debe interferir.

El hombre del Gobierno asintió con entusiasmo.

—De acuerdo, Mma. Por mí no hay inconveniente. Lamento haber dicho cosas que no debería haber dicho. Pero sepa que mi hermano es muy importante para mí. No habría dicho nada si no fuera por el temor de que le ocurra una desgracia. Por eso ha sido.

Mma Ramotswe lo miró. Evidentemente, amaba a su hermano. Tenía que ser muy triste verlo casado con una mujer que le inspiraba tantísima desconfianza.

—Ya se me ha olvidado lo que ha dicho, Rra —dijo ella—. No tiene de qué preocuparse.

El hombre se levantó.

—¿Podrán empezar mañana mismo? —preguntó—. Yo puedo ir organizando lo del alojamiento.

—No —dijo Mma Ramotswe—. Empezaremos en un par de días. Tengo mucho que hacer en Gaborone. Pero no se preocupe, si hay algo que podamos hacer por su pobre hermano, lo haremos. Cuando aceptamos un caso, no nos lo tomamos a la ligera, se lo aseguro.

El hombre se acercó al escritorio y le cogió la mano.

—Es usted muy amable, Mma. Lo que dicen de usted es cierto. No exageran en absoluto.

Dicho esto, se dirigió a Mma Makutsi.

—Y usted también, Mma. Es usted muy inteligente. Si algún día se cansa de ser detective, venga a trabajar para el Gobierno. Necesitamos mujeres así. La mayor parte de las mujeres que tenemos no hacen bien su trabajo. Se pasan el día sentadas, pintándose las uñas. Las veo todos los días. Usted lo haría muy bien, me da la sensación.

Mma Ramotswe iba a decir algo, pero el hombre del Gobierno ya se había puesto en marcha. Desde la ventana vieron al chófer abrir la puerta con gesto elegante y después cerrarla de un portazo.

—Si yo trabajara para el Gobierno —dijo Mma Makutsi—, cosa que no pienso hacer, por supuesto —añadió a toda prisa—, me pregunto cuánto tardaría en tener un coche así, con chófer y todo.

Mma Ramotswe se echó a reír.

—No se crea todo lo que dice —dijo—. Esos hombres son capaces de prometerle la luna. Y además es un necio. Y muy orgulloso.

—¿Nos habrá dicho la verdad respecto a la mujer de su hermano?

—Es probable —dijo Mma Ramotswe—. No creo que se lo haya inventado. Pero recuerde lo que dice Clovis Andersen. Todas las historias tienen dos caras. De momento sólo hemos oído una, la necia.

La vida se le estaba complicando, pensaba Mma Ramotswe. No sólo acababa de aceptar un caso que no tenía nada de sencillo, sino que además iba a tener que ausentarse unos días de Gaborone. Si ya esto le resultaba bastante problemático, aún se le hacía más cuesta arriba con sólo pensar en el señor J.L.B. Matekoni y el taller Speedy Motors de Tlokweng Road. Y además estaban los niños. Ahora que se habían instalado en su casa de Zebra Drive, tendría que establecer algún tipo de rutina para ellos. Rose, su asistenta, era una gran ayuda en ese aspecto, pero tampoco era cuestión de cargarle a ella con toda la responsabilidad.

La tarea que encabezaba la lista iniciada aquella mañana era organizar la oficina para la mudanza. Pero, bien pensado, era el taller lo que merecía el primer puesto en la lista de prioridades, la oficina pasaría al segundo lugar. Después podría encajar a los niños: escribió COLEGIO con mayúsculas y un número de teléfono justo debajo. A esto le seguía CONSEGUIR HOMBRE QUE ARREGLE NEVERA, LLEVAR AL HIJO ASMÁTICO DE ROSE AL MÉDICO y, en último lugar, OCUPARME DE ESPOSA SINIESTRA.

—Mma Makutsi —dijo—. Estoy pensando que lo mejor es que la lleve al taller ahora mismo. No podemos defraudar al señor J.L.B. Matekoni, por muy extraña que nos parezca su conducta. Comenzará a ejercer de directora en funciones esta misma mañana. Yo la acerco en la furgoneta.

—Cuando quiera, Mma —asintió—. Estoy lista para dirigir.

Capítulo 6

Bajo una nueva dirección

El taller Speedy Motors de Tlokweng Road no estaba lejos de la carretera principal, a un kilómetro escaso de los dos grandes almacenes construidos en las inmediaciones del barrio conocido como el Village. En la zona del taller sólo había otros dos edificios: una tienda que vendía de todo, desde ropa barata hasta queroseno y melaza, y un almacén de materiales de construcción especializado en vigas de madera y chapas de hierro ondulado para los tejados. En el extremo derecho estaba el taller, rodeado por varios espinos. En la parte de delante había un viejo surtidor de gasolina. Le habían prometido uno más moderno, pero la empresa de combustible no era partidaria de que el señor J.L.B. Matekoni entrara en competencia con otras instalaciones más modernas y la promesa quedaba oportunamente relegada al olvido. Seguían suministrándole gasolina, pues había un contrato de por medio que les obligaba a hacerlo, pero lo hacían sin el menor entusiasmo y a menudo se les pasaba la fecha acordada para ello. De ahí que los bidones de combustible estuvieran casi siempre vacíos.

En realidad, tampoco importaba mucho. Los clientes iban al taller Speedy Motors de Tlokweng Road porque querían que el señor J.L.B. Matekoni les arreglara el coche, no que les vendiera gasolina. Sabían apreciar la diferencia entre un buen mecánico y un simple arreglacoches. Un buen mecánico entendía de coches, podía identificar un problema con sólo escuchar el motor, del mismo modo que un buen médico podía hacer un diagnóstico con sólo mirar al paciente.

—Los motores hablan —les decía siempre a los aprendices—. Hay que aprender a escucharlos. Si prestan la debida atención, podrán oír lo que nos dicen.

Como era de esperar, los aprendices no entendían una palabra de todo aquello. Tenían una visión de la maquinaria diametralmente opuesta y no les cabía en la cabeza que un motor pudiera tener ánimos distintos, y emociones; que pudiera estresarse y aun sentirse presionado, o bien aliviado y en paz consigo mismo. La presencia de aquellos aprendices era una obra de caridad por parte del señor J.L.B. Matekoni, que vivía preocupado por la ausencia de buenos mecánicos en Botswana que pudieran reemplazar a los de su generación cuando éstos se jubilaran.

—África no llegará a ningún lado hasta que no haya buenos mecánicos —le había comentado a Mma Ramotswe en una ocasión—. Los mecánicos son la piedra angular del edificio. Después hay otras más arriba. Médicos, enfermeras, profesores. Pero la base de todo ello es la mecánica. Por eso es tan importante formar buenos mecánicos.

Cuando ya estaban cerca del taller, Mma Ramotswe y Mma Makutsi vieron a uno de los aprendices sentado al volante de un coche mientras el otro lo empujaba lentamente con intención de meterlo en el taller. Nada más verlas, el que empujaba el coche abandonó la tarea para mirarlas y el vehículo retrocedió ligeramente.

Mma Ramotswe estacionó la mini furgoneta blanca debajo de un árbol y las dos mujeres se apearon y se dirigieron a la puerta de la oficina.

—Buenos días, Bomma —dijo el más alto—. Esa furgoneta suya tiene mal la suspensión. Para mí que pesa usted demasiado. Mire cómo se hunde por este lado. Si quiere se lo arreglamos.

—No le pasa nada —replicó Mma Ramotswe—. De mi furgoneta se ocupa directamente el señor J.L.B. Matekoni y nunca ha comentado nada de la suspensión.

—Es que últimamente no comenta nada de nada —dijo el aprendiz—. Digamos que está de lo más silencioso.

Mma Makutsi se detuvo un instante para dirigirse al chico.

—Me llamo Mma Makutsi —dijo mirándolo fijamente a través de sus inmensas gafas—. Soy la directora en funciones del taller. Si quiere hablar de la suspensión de algún vehículo, dígamelo en la oficina. Por cierto, ¿qué están haciendo? ¿De quién es ese coche y qué problema tiene?

El aprendiz miró a su amigo por encima del hombro en busca de apoyo moral.

—Es de la mujer esa que vive detrás de la comisaría. Dicen que es algo ligera de cascos.

Dicho esto, soltó una carcajada.

—Usa este coche para hacer su ronda y claro, ahora no le arranca. Vamos, que se ha quedado sin trabajo y sin hombres. ¡Ja, ja!

Mma Makutsi se puso hecha una furia.

—Con que no arranca, ¿eh?

—No —dijo el aprendiz—. No arranca. Tuvimos que traerlo Charlie y yo con la grúa. Ahora lo estábamos empujando para examinar el motor en el taller. Me parece que va a ser complicado. Puede que necesite un motor de arranque nuevo. Ya sabe cómo son estas cosas, cuestan una fortuna. Claro que con todo el dinero que le dan los hombres no tendrá problemas para pagarlo. ¡Ja, ja!

Mma Makutsi deslizó un poco sus gafas para mirar al chico por encima de las lentes.

—¿Y la batería? —preguntó—. A lo mejor es la batería. ¿Han intentado arrancarlo haciendo un puente?

Al aprendiz se le heló la sonrisa.

—¿Y bien? —insistió Mma Ramotswe—. ¿Tienen los cables? ¿Lo han intentado?

El aprendiz negó con la cabeza.

—Es un coche muy viejo. Será otra cosa, seguro.

—Tonterías —dijo Mma Makutsi—. Abran el capó ahora mismo. ¿Tienen alguna batería en buenas condiciones? Conecten los cables y prueben a arrancarlo.

El aprendiz miró a su compañero y éste se encogió de hombros.

—¿A qué esperan? —insistió Mma Makutsi—. Tengo mucho que hacer en la oficina. Vamos, en marcha.

Mma Ramotswe no dijo nada, se limitó a observar a los aprendices en compañía de Mma Makutsi. Mal que bien, lograron meter el coche en el taller y conectaron los cables a una batería nueva. Uno de ellos se sentó a regañadientes en el asiento del conductor y giró la llave de contacto. El motor arrancó a la primera.

—Carguen esa batería —ordenó Mma Makutsi—. Después háganle un cambio de aceite y lleven el coche a su casa. Cuando vean a la mujer, le dicen que lamentan mucho haber tardado más de lo necesario y que le han cambiado el aceite sin cargo para compensar.

A continuación, se volvió hacia Mma Ramotswe, que estaba a su lado con una sonrisa de oreja a oreja.

—La lealtad de los clientes es algo muy importante. Si tenemos una atención con un cliente, se quedará con nosotros para siempre. Y eso es fundamental en los negocios.

—Ya lo creo —coincidió Mma Ramotswe.

Había tenido sus dudas respecto a la capacidad de Mma Makutsi para dirigir el taller, pero llevaban camino de despejarse por completo.

—¿Entiende mucho de coches? —le preguntó con aire despreocupado mientras se disponían a ordenar el desbordado escritorio del señor J.L.B. Matekoni.

—No mucho —respondió Mma Makutsi—. Pero entiendo de máquinas de escribir, y ninguna máquina puede ser muy distinta a otra, ¿no le parece? Vista una, vistas todas.

La tarea prioritaria era saber qué coches estaban a la espera de ser atendidos y cuáles habría que atender más adelante. Llamaron al mayor de los dos aprendices, Charlie, y le pidieron que hiciera una lista de todo el trabajo pendiente. Fue así como supieron que había ocho coches estacionados en la parte de atrás, a la espera de que llegaran los repuestos. Algunos ya se habían pedido, pero otros no. Una vez confeccionada la lista de lo que necesitaban, Mma Makutsi telefoneó uno por uno a todos los proveedores y les preguntó por los repuestos.

—El señor J.L.B. Matekoni está muy descontento con sus servicios —dijo con aspereza—. No esperen que podamos pagarles lo anterior si no podemos hacer nuestro trabajo. ¿Me han oído bien?

Hubo un cruce de promesas que en su mayor parte se fueron cumpliendo. A las pocas horas empezaron a llegar repuestos. Los trajeron los proveedores personalmente. Estaban debidamente etiquetados —algo que no había sucedido nunca, según los aprendices— y los fueron colocando en un banco por orden de urgencia. Mientras tanto, y siempre con la coordinación de Mma Makutsi, los aprendices instalaron repuestos afanosamente, probaron motores y finalmente entregaron todos y cada uno de los coches a Mma Makutsi para la prueba final. Ella los interrogó sobre lo que habían hecho, y en más de una ocasión se levantó para inspeccionar la labor sobre el terreno. Como no sabía conducir, el último paso era pedirle a Mma Ramotswe que lo probara en marcha antes de telefonear al dueño y comunicarle que el trabajo estaba terminado; con la ventaja de que esta vez sólo les cobraría la mitad del importe para compensar el retraso. Aquello logró aplacar a todos los clientes, salvo uno que anunció que en el futuro se buscaría otro taller.

—En ese caso no podrá aprovechar nuestra revisión anual gratuita —dijo Mma Makutsi con serenidad—. Es una lástima.

Aquello produjo el necesario cambio de parecer y al final de la jornada el taller Speedy Motors de Tlokweng Road había devuelto seis coches a sus respectivos dueños, y obtenido el perdón de todos ellos.

—Para ser el primer día, no ha estado nada mal —dijo Mma Makutsi, mientras ella y Mma Ramotswe veían alejarse a los exhaustos aprendices por la carretera—. La verdad es que los chicos han trabajado tan bien que los he recompensado con cincuenta pulas a cada uno. Se han puesto muy contentos, estoy segura de que van a mejorar como aprendices, ya lo verá.

Mma Ramotswe no daba crédito.

—Puede que tenga razón, Mma —dijo—. Desde luego, es usted una directora excepcional.

—Gracias —respondió Mma Makutsi—. Y ahora deberíamos irnos a casa, mañana nos espera un día de mucho trabajo.

Mma Ramotswe llevó a casa a su ayudante en la mini furgoneta blanca. El tráfico era denso a esa hora de la tarde, cuando la gente volvía del trabajo. Había minibuses visiblemente sobrecargados que se inclinaban peligrosamente en las curvas por el exceso de peso, bicicletas con pasajeros encaramados a las cestas y también viandantes que balanceaban los brazos al caminar, o iban silbando, pensando, alimentando esperanzas. Se sabía bien el camino, pues había llevado a Mma Makutsi en más de una ocasión y estaba familiarizada con las casas destartaladas y los corrillos de niños de mirada firme e inquisitiva que habitaban esos barrios. Dejó a su ayudante en la verja de su casa y la vio encaminarse hacia la parte trasera del edificio, donde estaba la choza de ladrillo ligero en la que vivía. Le pareció ver una figura en la puerta, una sombra quizá, pero en aquel momento Mma Makutsi se dio la vuelta y Mma Ramotswe, que no quería que la viera espiándola, tuvo que meter primera y alejarse.

Capítulo 7

La niña de las tres vidas

No todo el mundo tenía sirvienta, como es natural, pero que alguien con un buen trabajo y una casa del tamaño de la de Mma Ramotswe no la tuviera —o no tuviera varias, incluso— se consideraría un acto de egoísmo. Mma Ramotswe era consciente de que en muchos países no había costumbre de tener sirvientes, aun cuando hubiera familias lo bastante adineradas como para permitírselo. Aquello era inexplicable. Si los que estaban en condiciones de tener sirvientes elegían no tenerlos, ¿de qué iban a vivir éstos?

En Botswana, era de esperar que todas las casas de Zebra Drive —o todas las casas con más de dos dormitorios— tuvieran su sirvienta. Había leyes que estipulaban lo que se les debía pagar, pero se incumplían a menudo. Es más, había quien trataba muy mal a sus sirvientes, o les pagaba muy poco y encima esperaba que estuvieran de servicio las veinticuatro horas del día. Por lo que sabía Mma Ramotswe, eso hacía la mayoría. Aquella explotación era el turbio secreto de Botswana y nadie hablaba de ello. Evidentemente, nadie reconocía de buena gana el trato que habían recibido los basarwa en el pasado —esclavos, a todos los efectos— y si alguno lo comentaba, los demás ponían cara de circunstancias y cambiaban de tema. Pero había sucedido, y nadie podía asegurar que no siguiera sucediendo hoy día. Por otro lado, sabemos que esto sucedió en toda África. La esclavitud fue una atrocidad cometida en todo el continente, pero nunca faltaron esclavistas africanos que no dudaron en vender a su propia gente, y lo cierto es que hoy en día seguía habiendo multitud de africanos que trabajaban en condiciones infrahumanas por una miseria. Eran apocados, de carácter débil; entre ellos estaban los sirvientes.

A Mma Ramotswe le asombraba sobremanera que alguien pudiera ser tan cruel con los sirvientes. Ella misma lo había presenciado en una ocasión, cuando fue a visitar a una amiga suya que en un momento mencionó, con toda naturalidad, que a su sirvienta le daba cinco días de vacaciones al año, no retribuidas, por supuesto. Se jactaba, además, de haberle bajado el sueldo hacía poco porque le pareció que era más bien vaga.

—¿Y por qué no se va, en vista de lo que le has hecho? —preguntó Mma Ramotswe.

La amiga soltó una carcajada.

—¿Adónde va a ir? Hay infinidad de gente dispuesta a quitarle el puesto, y ella lo sabe. Sabe muy bien que cualquiera haría el mismo trabajo por la mitad de lo que le pago a ella.

Mma Ramotswe guardó silencio, pero en su fuero interno rompió aquella amistad de inmediato. El percance le había dado que pensar. ¿Se puede ser amiga de una persona que actúa tan mal? ¿O será que los únicos amigos de las malas personas son a su vez malas personas, pues sólo ellos tendrán los suficientes puntos en común como para entablar amistad? Se puso a pensar en personas célebres por su maldad. Estaba Idi Amin, por ejemplo, o Henrik Verwoerd. Idi Amin, evidentemente, estaba mal de la cabeza; quizá su maldad era distinta a la del señor Verwoerd, que aparentemente estaba muy sano pero tenía un corazón de hielo. ¿Lo habría amado alguien? ¿Le habrían cogido la mano alguna vez? Mma Ramotswe suponía que sí; de hecho hubo gente en su entierro y ¿no lloraban, acaso, como se llora en los entierros de las buenas personas? El señor Verwoerd tenía sus partidarios, y quizá no todos eran tan malos. Ahora que las cosas habían cambiado al otro lado de la frontera de Sudáfrica, esa gente tenía que seguir viviendo. A lo mejor ahora entendían el daño que habían hecho; y aunque no fuera así, ya los habían perdonado, o casi. No había lugar para el odio en el corazón de los africanos de a pie. A veces hacían estupideces, como en todas partes, pero no eran rencorosos, como había demostrado el señor Mandela al mundo entero. Y como Seretse Khama, pensó Mma Ramotswe, aunque ya nadie parezca recordarlo fuera de Botswana. Sin embargo, es sabido que fue uno de los grandes hombres de África, un hombre que además estrechó la mano de su padre, Obed Ramotswe, cuando fue a Mochudi a dar un discurso. Ella, Precious Ramotswe, entonces una niña, lo vio bajar del coche en medio de la multitud que había acudido al encuentro, entre ellos su padre, con su viejo y maltrecho sombrero en la mano. Y cuando Khama estrechó la mano de su padre, a ella se le hinchó el corazón de orgullo; siempre que miraba la fotografía del gran estadista en la repisa de la chimenea revivía la escena.

Su amiga, la que trataba mal a la sirvienta, no era una persona cruel. Con su familia se portaba bien y con

Mma Ramotswe había sido siempre muy amable, pero en lo que respecta a la sirvienta —Mma Ramotswe la había conocido y le pareció una mujer agradable y trabajadora de Molepolole— era evidente que le importaban muy poco sus sentimientos. Se le ocurrió que esa manera de actuar no podía ser más que ignorancia, una incapacidad total para entender las ilusiones y las aspiraciones de los demás. Ese entendimiento, reflexionaba Mma Ramotswe, era el principio de toda ética. Si uno supiera qué siente una persona, si uno pudiera ponerse en su lugar, resultaría del todo imposible causarle más daño aún. Hacer daño en tales circunstancias sería como hacerse daño a uno mismo.

Mma Ramotswe sabía que la ética era un tema muy debatido, pero para ella no tenía ningún misterio. En primer lugar estaba la ética tradicional de Botswana, que sencillamente era la correcta. Si una persona se mantenía firme en ella, podía estar tranquila porque obraría bien con toda seguridad. Había otros principios éticos, por supuesto, como los Diez Mandamientos, aprendidos de memoria en las clases de catequesis de los domingos, hacía ya muchos años. Aquellos mandamientos también eran válidos, del mismo modo irrefutable. Estos códigos de conducta eran como el código penal de Botswana; tenían que acatarse al pie de la letra. De nada sirve fingir que uno es juez del Tribunal Supremo de Botswana y decidir qué partes de la ley se van a respetar y cuáles no. Los códigos de conducta no fueron concebidos para poder elegir, ni mucho menos para ser cuestionados. No se podría decir esta prohibición la respeto, pero esta otra no. «No robarás —por supuesto que no— ah, pero no hablemos de adulterio: eso es para los demás, no para mí».

En lo esencial —pensaba Mma Ramotswe—, la moralidad consistía en hacer el bien, porque a eso se había llegado tras un largo proceso de aceptación y observación. Era materialmente imposible crear un código moral propio, porque la experiencia individual sería demasiado limitada para tal cosa. ¿Con qué derecho se adjudica uno mayor sabiduría que sus ancestros? La moral es cosa de todos, lo que significa que hace falta la opinión de más de una persona para elaborarla. Por eso mismo la moral moderna, con ese protagonismo del individuo y de la postura individual, era tan débil. Si a la gente le dabas la oportunidad de crear su propia moral, crearían una versión que les fuera como anillo al dedo y que les permitiera hacer su santa voluntad en todo momento, cuanto más tiempo mejor. Aquello, para Mma Ramotswe, era puro egoísmo, por mucho que lo camuflaran con nombres solemnes.

Un día escuchó en la radio un programa de World Service que, francamente, la dejó estupefacta. Hablaba de unos filósofos que se autodenominaban existencialistas y que, por lo visto, vivían en Francia. Estos franceses decían que uno debe vivir de un modo que le haga sentirse real, y que obrar de acuerdo a este sentimiento de lo real era, además, lo correcto. Mma Ramotswe no daba crédito a sus oídos. No había que irse a Francia para ver existencialistas, reflexionó; aquí mismo, en Botswana, hay unos cuantos. Note Mokoti, sin ir más lejos. Resulta que se había casado con un existencialista y ella sin saberlo. Note, que era de un egoísmo atroz y que jamás se molestó por los demás, ni siquiera por su mujer, habría hecho muy buenas migas con los existencialistas, y ellos con él. Quizá era muy existencialista ir de bar en bar todas las noches mientras tu mujer embarazada se quedaba en casa, y no digamos largarse con las chicas de alterne —chicas jóvenes, existencialistas—, eso era ya el colmo del existencialismo. No estaba nada mal ser existencialista, aunque el resto de los mortales no existencialistas no pudieran decir lo mismo.

El trato que tenía Mma Ramotswe con su asistenta Rose no era nada existencialista. Rose empezó a trabajar en Zebra Drive el mismo día que ella se instaló en la casa. Los desempleados, descubrió Mma Ramotswe, habían formado una red de información y hacían correr la voz cada vez que alguien se mudaba a una casa nueva y tenía pinta de necesitar sirvientes. No había pasado ni una hora en la nueva casa cuando apareció Rose en la puerta.

—Va a necesitar una asistenta, Mma —le dijo—. Y yo soy la indicada. Trabajaré mucho, se lo prometo, y nunca en la vida le causaré ningún problema. Puedo empezar ahora mismo.

Mma Ramotswe lo decidió al instante. Delante de ella había una mujer de aspecto decente y buena presencia, de unos treinta años. Pero también había una madre, con uno de sus hijos esperando junto a la verja y mirándola sin pestañear. Se preguntó qué le habría dicho. «Si esta mujer me acepta como asistenta, esta noche comemos. Tengamos fe. Espérame aquí y ponte de puntillas». Ponte de puntillas. Eso es lo que se dice en setswana cuando uno tiene la esperanza de que algo suceda. Era equivalente a la expresión que usan los blancos: cruza los dedos.

Mma Ramotswe dirigió la mirada hacia la verja y vio que el niño estaba literalmente de puntillas. Entonces supo que sólo había una respuesta posible.

Miró a la mujer.

—Sí —dijo—. Necesito una asistenta y le doy a usted el trabajo, Mma.

La mujer batió palmas en señal de gratitud y saludó al niño con la mano. «Qué suerte tengo —pensó Mma Ramotswe—. Qué suerte tengo de hacer feliz a una persona por el mero hecho de decir unas palabras».

Rose se mudó a Zebra Drive en ese mismo instante y en seguida demostró su valía. Los antiguos propietarios eran muy descuidados y la casa estaba en un estado lamentable, llena de polvo por todas partes. Durante más de tres días barrió y limpió hasta que la casa entera olía a cera de suelos y no había superficie que no brillara. Por si fuera poco, además era una magnífica cocinera y una verdadera experta en el arte de la plancha. Mma Ramotswe iba siempre bien vestida, pero le costaba mucho reunir la energía necesaria para plancharse las blusas, por más que le hubiera gustado. Rose se consagró a la tarea con visible pasión, una pasión reflejada en todo tipo de costuras y escotes almidonados, que no admitían la menor arruga.

Mma Ramotswe la instaló en las dependencias del servicio, en el patio de atrás. Era una pequeña vivienda de dos habitaciones, con ducha e inodoro en un lateral y una galería cubierta a cuyo abrigo se podía hacer fuego para cocinar. Ella dormía en una de las habitaciones y sus dos hijos pequeños en la otra. Tenía más hijos, pero eran mayores. Uno de ellos era carpintero y ganaba un buen sueldo, pero los gastos diarios eran tan altos que prácticamente no sobraba nada; además el hijo pequeño era asmático y necesitaba unos inhaladores que costaban una fortuna.

Cuando Mma Ramotswe llegó a su casa, después de haber dejado a Mma Makutsi en la suya, Rose estaba en la cocina fregando una olla renegrida. Le preguntó educadamente cómo le había ido y Rose le contestó que había sido un buen día.

—Le he echado una mano a Motholeli con el baño —comentó—. Ahora está leyéndole un cuento a su hermano, que no ha parado en todo el día y está agotado, créame. Ya verá qué pronto se queda dormido. Me parece que lo único que lo mantiene despierto es pensar en la cena.

Mma Ramotswe le dio las gracias y sonrió. Ya había transcurrido un mes desde que, por intervención del señor J.L.B. Matekoni, llegaron los hermanos del orfanato y aún se estaba acostumbrando a la presencia de aquellos niños en la casa. La idea de adoptarlos había sido de él, una decisión que había tomado sin consultar, pero ella aceptó la situación y los alojó rápidamente en su casa. Motholeli, que iba en silla de ruedas, había demostrado ser muy útil en la casa y además se le veía cierto interés por los motores, para regocijo del señor J.L.B. Matekoni. Su hermano, bastante menor, era más difícil de sondear. Era un niño dinámico, por eso no había que preocuparse, y respondía con educación cuando lo hablaban, pero prefería su propia compañía, o la de su hermana, que la de otros niños. Motholeli ya se había hecho amigos, pero a él le costaba más porque era más bien tímido.

Su hermana había empezado a ir al Colegio Secundario de Gaborone, no lejos de ahí, y estaba muy contenta. Todas las mañanas, alguna de las chicas de su clase iba a buscarla a la puerta de casa y se ofrecía a empujar la silla hasta el colegio.

Mma Ramotswe admiraba el gesto.

—¿Os han dicho los profesores que hagáis esto? —le preguntó un día a una de ellas.

—No, Mma —fue la respuesta—. Somos sus amigas. Por eso lo hacemos.

—Sois muy amables —dijo Mma Ramotswe—. El día de mañana seréis buenas personas. Os felicito.

Al hermano le habían buscado plaza en el colegio primario del barrio, pero Mma Ramotswe confiaba en que el señor J.L.B. Matekoni le pagara los estudios en Thornhill. Lo malo es que era un colegio muy caro y no sabía si llegado el momento podrían hacerlo. Aquélla era una de las tantas cosas que faltaban por resolver; además del taller, los aprendices, la casa cercana al antiguo Club de las Fuerzas de Defensa y los niños. Por no decir nada de la boda —sin fecha todavía—, aunque Mma Ramotswe no podía ni pensar en ello por ahora.

Entró en el cuarto de estar y vio al pequeño sentado junto a la silla de ruedas de su hermana, escuchándola con atención.

—Veo que le estás leyendo un cuento a tu hermano. ¿Es bonito?

Motholeli levantó la vista y sonrió.

—No es un cuento, Mma —señaló—. Mejor dicho, no es un cuento sacado de ningún libro. Es un relato que he escrito yo en el colegio. Se lo estoy leyendo.

Mma Ramotswe decidió quedarse con ellos, sentada en el brazo del sofá.

—¿Por qué no empiezas otra vez? —dijo—. Me gustaría escuchar tu relato desde el principio.

Me llamo Motholeli y tengo trece años, casi catorce. Tengo un hermano de siete años. Mis padres murieron. Me da mucha pena, pero al menos me alegro de no haberme muerto yo también y de tener un hermano.

He tenido tres vidas. La primera fue cuando vivía con mi madre y mis tíos en Makadikadi, cerca de Nata. Eso fue hace muchos años, yo era muy pequeña. Eran bosquimanos y siempre íbamos de un lugar a otro. Sabían buscar comida en la sabana excavando la tierra para sacar raíces de todo tipo. Eran muy inteligentes, pero nadie los quería.

Mi madre me dio una pulsera de piel de avestruz con cáscaras de huevo incrustadas. Todavía la guardo. Es lo único que tengo de mi madre, ahora que ha muerto.

Cuando mi madre murió, rescaté a mi hermanito; lo habían enterrado en la arena junto a ella. Le quité la arena de la cara y vi que todavía respiraba. Recuerdo que lo levanté en brazos y eché a correr por la sabana hasta que encontré una carretera. Un hombre que pasaba por ahí en camión se detuvo al verme y me llevó a Francistown. Allí no recuerdo lo que pasó, pero me entregaron a una mujer que me dejó vivir en su patio. Tenían un pequeño cobertizo en el patio y hacía mucho calor cuando le daba el sol de lleno, pero por la noche refrescaba. Ahí dormía yo con mi hermano, que era un bebé.

Con la comida que me daban en esa casa alimentaba a mi hermano. Yo ayudaba a esa gente tan amable. Les hacía la colada y luego la tendía al sol. También les lavaba los platos porque no tenían asistenta. En el patio vivía un perro que un día me mordió el pie. El marido de la mujer se enfadó tanto con el perro que lo golpeó con un palo de madera. Ese perro murió de todas las palizas que le dieron por morder tanto.

Yo me puse muy enferma y la mujer me llevó al hospital. Allí me pusieron muchas agujas y me sacaron sangre. Pero no logré recuperarme, y al poco tiempo ya no pude andar más. Me dieron unas muletas, pero me resultaba muy difícil caminar con ellas. Después consiguieron una silla de ruedas y gracias a ello pude volver a casa. Lo malo es que la mujer me dijo que no podía tener a una niña en silla de ruedas viviendo en el patio, porque no estaría bien visto y los vecinos dirían: «¿Cómo vas a tener a una niña en silla de ruedas viviendo en el patio? Eso es una crueldad».

Entonces llegó un hombre que estaba buscando niños huérfanos para llevarlos a un orfanato que había en una granja. Lo acompañaba una mujer del Gobierno que me dijo que era un privilegio tener lugar en un orfanato tan bueno. También me dijo que podía ir con mi hermano y que allí seríamos muy felices los dos, pero que no me olvidara nunca de amar a Jesús. Yo le dije que estaba más que dispuesta a amarlo, y que haría lo posible para que mi hermanito también lo amara.

Ahí terminó mi primera vida. La segunda empezó el día que llegué al orfanato de la granja. Habíamos viajado en camión desde Francistown, pero la parte de atrás era muy calurosa y muy incómoda. No pude bajar en todo el viaje porque el camionero no sabía qué hacer con una niña en silla de ruedas. De modo que cuando llegué a la granja, llevaba todo el vestido mojado y me dio mucha vergüenza, sobre todo porque los demás huérfanos habían salido a recibirnos y no nos quitaban los ojos de encima.

Una de las mujeres del lugar les dijo que se fueran a jugar y que dejaran de mirarnos, pero no se fueron muy lejos, y algunos me miraban entre los árboles.

Todos los huérfanos vivían en casas. En cada casa había unos diez niños, con una madre que los cuidaba. La madre de mi casa era una mujer muy buena. Me dio ropa nueva y un armario para guardar mis cosas. Era la primera vez en mi vida que tenía un armario, y me sentí orgullosa. También me dieron unas horquillas de colores, por si quería recogerme el pelo. Nunca había tenido nada tan bonito. Las guardé debajo de la almohada porque me pareció un lugar seguro. A veces me despertaba por la noche y pensaba en lo afortunada que era. Otras veces lloraba porque me acordaba de mi primera vida, y de mis tíos, y me preguntaba dónde estarían ahora. Desde la cama veía las estrellas por la rendija de las cortinas, y pensaba: si ellos mirasen ahora mismo el cielo, verían las mismas estrellas que yo, las estaríamos mirando todos a la vez. Pero no sabía si se acordaban de mí porque yo era muy pequeña, y además me había escapado corriendo.

En la granja fui muy feliz. Trabajaba mucho y Mma Potokwani, que era la supervisora del orfanato, me dijo que con un poco de suerte, algún día encontraría unos padres para nosotros. Yo no creía que eso fuera posible, pues quién iba a querer una niña en silla de ruedas habiendo tantas niñas sanas que también buscaban un hogar.

Pero tenía razón. No pensé que el señor J.L.B. Matekoni iba a ser el elegido, y me puse muy contenta cuando dijo que podíamos ir a vivir a su casa. Así fue como empezó mi tercera vida.

El último día nos hicieron una tarta de despedida y la compartimos con la madre de mi casa. Nos dijo que siempre que se iba uno de los huérfanos le daba mucha pena porque era como si se fuera alguien de la familia. Pero ella conocía muy bien al señor J.L.B. Matekoni y me dijo que era una de las mejores personas de Botswana. Estaba segura de que estaríamos muy bien en su casa.

Nos fuimos con el señor J.L.B. Matekoni y en seguida conocimos a su amiga, Mma Ramotswe, que pronto se va a casar con él. Ella nos dijo que iba a ser nuestra nueva madre y nos llevó a su casa, que es más adecuada para nosotros que la casa del señor J.L.B. Matekoni. Ahora tengo un cuarto muy bonito y mucha ropa nueva. Estoy muy contenta de que haya gente tan buena en Botswana. He tenido mucha suerte en la vida y doy gracias a Mma Ramotswe y al señor J.L.B. Matekoni de todo corazón.

Cuando sea mayor me gustaría ser mecánica. Así ayudaría al señor J.L.B. Matekoni en el taller y por la tarde podría coser la ropa de Mma Ramotswe y prepararle la cena. Espero que cuando sean muy mayores estén orgullosos de mí y digan que he sido una buena hija para ellos y una buena ciudadana de Botswana.

Ésta es la historia de mi vida. Soy una niña de Botswana normal y corriente, pero tengo la suerte de tener tres vidas. La mayoría de la gente tiene sólo una.

Esta historia es verdadera. No me he inventado nada. Todo es verdad.

Cuando hubo terminado, todos guardaron silencio. El niño miró a su hermana con una sonrisa y pensó: «Qué suerte tengo de tener una hermana tan lista. Espero que Dios le devuelva las piernas algún día». Mma Ramotswe le puso la mano en el hombro con cariño y pensó: «Voy a cuidarla mucho, ahora su madre soy yo». Rose, que había escuchado el relato desde el pasillo, bajó la vista y pensó: «Tres vidas, qué forma tan curiosa de decirlo».

Capítulo 8

Niveles bajos de serotonina

Lo primero que hizo Mma Ramotswe a la mañana siguiente fue llamar al señor J.L.B. Matekoni a su casa, junto al antiguo Club de las Fuerzas de Defensa de Botswana. Solían llamarse por la mañana temprano, al menos desde que estaban prometidos, pero generalmente era el señor J.L.B. Matekoni quien lo hacía. Esperaba un tiempo prudencial a que Mma Ramotswe se hubiera tomado su taza de té rooibos, cosa que le gustaba hacer en el jardín, antes de marcar su número de teléfono y presentarse con toda formalidad, como a él le gustaba: «Habla el señor J.L.B. Matekoni, Mma. ¿Ha dormido usted bien?».

El teléfono sonó más de un minuto sin que nadie respondiera, finalmente alguien levantó el auricular.

—¿Señor J.L.B. Matekoni? Soy yo. ¿Cómo está? ¿Ha dormido bien?

Oyó una voz confusa al otro lado de la línea y comprendió que lo había despertado.

—Ah, sí, soy yo. Ya... ya estoy despierto.

Mma Ramotswe insistió con el saludo formal. Era importante preguntar a una persona si había dormido bien; una vieja tradición, pero había que mantenerla.

—¿Pero ha dormido bien, Rra?

El señor J.L.B. Matekoni respondió con voz apagada.

—La verdad es que no, Mma. Me he pasado toda la noche dándole vueltas a la cabeza, sin poder dormir. Al final me quedé dormido cuando ya era hora de levantarse. Estoy muy cansado.

—Lo siento mucho, Rra. Siento haberlo despertado. Vuélvase a la cama y procure dormir un poco. No se puede vivir sin dormir lo necesario.

—Ya lo sé —dijo malhumorado—. Últimamente me pasa todo el tiempo. Intento dormir, pero no lo consigo. Es como si hubiera un extraño animal en mi habitación empeñado en molestarme todo el rato para no dejarme dormir.

—¿Un animal? —preguntó ella—. ¿Qué animal es ese?

—No hay ningún animal. Al menos yo no veo ninguno cuando enciendo la luz. Me refiero a que es como si hubiera un animal que no quiere dejarme dormir. Eso es lo único que he dicho. Le aseguro que no hay ningún animal.

Mma Ramotswe hizo una breve pausa. Después preguntó:

—¿Se encuentra bien, Rra? A lo mejor está enfermo.

El señor J.L.B. Matekoni resopló con impaciencia.

—No estoy enfermo. El corazón me late con normalidad. Los pulmones se me llenan de aire y respiro como todo el mundo. Lo que pasa es que estoy harto de todos los problemas que tengo. Además temo que un día descubran lo mío. Y si eso sucede, estoy acabado.

Mma Ramotswe se quedó de una pieza.

—¿Que descubran lo suyo? ¿Quién va a descubrir qué?

El señor J.L.B. Matekoni bajó el tono de voz.

—Ya sabe usted a lo que me refiero. Lo sabe perfectamente.

—Yo no sé nada, Rra. Lo único que sé es que está diciendo cosas muy raras.

—¡Ja! Eso es lo que dice usted, pero en realidad sabe muy bien lo que digo. He hecho cosas despreciables en mi vida, y ahora lo van a descubrir y cuando lo hagan me arrestarán. Recibiré mi castigo y usted se avergonzará de mí, Mma, ya lo verá.

Mma Ramotswe hacía lo imposible por asimilar lo que acababa de oír. ¿Podía ser verdad que el señor J.L.B. Matekoni hubiera cometido algún delito grave en el pasado y se lo hubiera ocultado? ¿Y lo habrían descubierto ahora? Aquello le parecía imposible; era un buen hombre, incapaz de hacer nada deshonesto; pero también sabía que a veces este tipo de personas arrastran turbios secretos del pasado. Todo el mundo ha hecho al menos una cosa de la que avergonzarse, o eso había oído ella. El obispo Makhulu, sin ir más lejos, dio una vez una charla precisamente sobre este tema en el Club de Mujeres. Dijo que él nunca había conocido a nadie, ni siquiera en la iglesia, que no hubiera hecho algo de lo que arrepentirse después. Hasta los santos habían hecho alguna fechoría. A lo mejor San Francisco había pisoteado una paloma —no, eso seguro que no—, pero pudo hacer otra cosa que luego lamentara. En cuanto a ella, había muchas cosas que hubiera preferido no hacer. Cuando tenía seis años, por ejemplo, embadurnó con melaza el mejor vestido de una niña por el mero hecho de no tener ella un vestido igual. Aún veía a esa persona de vez en cuando, vivía en Gaborone y se había casado con un hombre que trabajaba en el centro de clasificación de diamantes. Mma Ramotswe había pensado confesárselo más de una vez, aunque fuera treinta años después, pero siempre le faltaba valor. Cada vez que esta mujer la saludaba amistosamente, ella se acordaba de cómo había cogido la lata de melaza y volcado todo su contenido en aquella tela rosa cuando su dueña dejó el vestido en clase todo un día. Tarde o temprano iba a tener que decírselo; aunque también podía pedirle al obispo Makhulu que le escribiera una carta en su nombre. «Una de mis ovejas busca su perdón, Mma. Vive atormentada por una mala acción cometida contra usted hace ya muchos años. ¿Se acuerda del vestido rosa que tanto le gustaba...?»

Si el señor J.L.B. Matekoni había hecho algo así —a lo mejor había embadurnado a alguien con aceite de coche— no tendría por qué preocuparse. Había pocos agravios, salvo el asesinato, que no pudieran repararse. Muchos, además, son más leves de lo que el transgresor imagina y pueden quedarse donde están sin mayor problema. Hasta los más graves podrían perdonarse una vez confesados. Tenía que tranquilizar al señor J.L.B. Matekoni; era fácil hacer una montaña de un grano de arena si uno se pasaba la noche en vela dándole vueltas.

—Todos hemos hecho algo malo en la vida, Rra —le dijo—. Usted, yo, Mma Makutsi, hasta el mismísimo Papa, se lo aseguro. Nadie es perfecto. La perfección no está en nuestra naturaleza. No debe usted preocuparse. Dígame lo que le inquieta y ya verá como se quita un peso de encima, créame.

—Decírselo no puedo, Mma. No podría ni empezar a contárselo. Se horrorizaría. No querría volver a verme nunca más. Le diré una cosa, yo no la merezco. Usted es mucho más de lo que yo merezco, Mma.

Mma Ramotswe empezaba a perder la paciencia.

—Eso que dice no son más que tonterías. Por supuesto que es usted digno de mí. Soy una persona normal y corriente. Y usted es un buen hombre, básicamente. Hace muy bien su trabajo y la gente tiene muy buena opinión de usted. ¿Dónde lleva el coche el embajador británico? A su taller. ¿A quién recurre el orfanato de la granja cada vez que se les rompe algo? A usted. Usted tiene un gran taller y es un honor para mí casarme con usted. Así de simple.

Sus comentarios fueron recibidos con un silencio prolongado. Después oyó:

—Pero usted no sabe lo malo que soy. Nunca le he contado las cosas que he hecho.

—Entonces, cuéntemelas. Cuéntemelas ahora. Soy fuerte.

—Contárselas no puedo, Mma. Se horrorizaría.

Mma Ramotswe comprendió que aquello no llevaba a ninguna parte y cambió de táctica.

—Y hablando del taller —dijo—. Ayer no estuvo usted por allí, ni anteayer tampoco. Mma Makutsi lo está dirigiendo sola. Pero eso no puede seguir así mucho más tiempo.

—Me alegro de que se haga cargo —respondió el señor J.L.B. Matekoni sin el menor entusiasmo—. No tengo mucha energía últimamente. Lo mejor que puedo hacer es quedarme aquí en casa. Ella se encargará de todo. Por favor, agradézcaselo de mi parte.

Mma Ramotswe respiró hondo.

—Usted no está bien, señor J.L.B. Matekoni. Yo podría concertarle una cita para que vaya a ver a un médico. He hablado con el doctor Moffat. Dice que puede usted ir a verlo cuando quiera. Creo que sería buena idea.

—Tampoco estoy muriéndome —dijo él—. No necesito ir a ver al doctor Moffat. ¿Qué va a poder hacer él? Nada.

La llamada no había sido muy tranquilizadora y Mma Ramotswe no pudo sino dar vueltas por la cocina unos minutos después de colgar. Estaba claro que el doctor Moffat tenía razón. El señor J.L.B. Matekoni padecía una enfermedad —depresión, la había llamado— pero ahora no podía dejar de pensar en eso tan terrible que aseguraba haber hecho. No había asesino más improbable que el señor J.L.B. Matekoni, pero ¿y si resultaba que eso es precisamente lo que era? ¿Cambiarían en algo sus sentimientos si descubriera que había matado a alguien, o se diría a sí misma que no fue culpa suya y que actuó en defensa propia cuando se abalanzó sobre la víctima y le abrió la cabeza con una llave inglesa? Eso es lo que hacían las esposas y las novias. Jamás aceptaban que sus hombres pudieran ser capaces de asesinar. Y no digamos las madres. Las madres de los asesinos no se cansaban de decir que sus hijos no eran tan malos como se decía. Era lógico. Para una madre, aquel hombre seguía siendo su niño pequeño, por muy mayor que fuera, y los niños pequeños jamás son culpables de asesinato.

Note Mokoti sí que podía ser asesino, por supuesto. Era muy capaz de matar a sangre fría porque no tenía sentimientos. No le costaba nada imaginárselo apuñalando a alguien y alejándose después como si tal cosa, como si no hubiera hecho más que estrecharle la mano a la víctima. Cuando le pegaba a ella, como hizo en tantas ocasiones antes de abandonarla, no había ninguna emoción en su rostro. Un día, después de hacerle una brecha encima de la ceja por un golpe particularmente violento, se detuvo a examinar su obra como si fuera un médico inspeccionando una herida.

—Vas a tener que ir al hospital a que te vean eso —dijo sin alterarse lo más mínimo—. Es un tajo considerable. Tienes que tener más cuidado la próxima vez.

Lo único que agradecía profundamente de todo el capítulo de Note era que su padre aún vivía cuando lo dejó. Al menos tuvo la satisfacción de saber que su hija ya no estaba con ese hombre, aunque lo hubiera hecho sufrir durante los casi dos años que estuvo con él. Cuando fue a decirle que Note se había ido, él evitó mencionar el error que había cometido casándose con él, aunque probablemente lo pensara. Se limitó a decir que volviera a casa, que él siempre la cuidaría y que esperaba que a partir de aquel momento su vida mejorara en todos los aspectos. Habló con mucha dignidad, como siempre había hecho. Ella lloró y volvió a casa de su padre, que le aseguró que con él estaría a salvo y que ya nunca tendría que volver a preocuparse por ese hombre.

Pero Note Mokoti y el señor J.L.B. Matekoni eran dos personas completamente distintas. El que había cometido los delitos era Note, no el señor J.L.B. Matekoni. ¿Por qué, sin embargo, se empeñaba en decir que había hecho cosas terribles cuando no era cierto? Para Mma Ramotswe aquello era de lo más desconcertante y, como hacía siempre que estaba desorientada, decidió recurrir a la primera fuente de información y consuelo de todo tipo de dudas o conflictos: la Casa del Libro de Botswana.

Desayunó a toda prisa y dejó a los niños a cargo de Rose. Le habría gustado dedicarles más atención, pero tenía la vida demasiado complicada en aquellos momentos. Ocuparse del señor J.L.B. Matekoni había pasado al primer puesto de la lista de tareas pendientes, seguido por el taller, los problemas del hermano del hombre del Gobierno, y la mudanza a la nueva oficina. Era una lista complicada, pues aunque todas las tareas tenían cierta urgencia, los días seguían teniendo el mismo límite de horas.

Recorrió la escasa distancia que había hasta el centro en su mini furgoneta blanca y una vez ahí estacionó detrás del Standard Bank. Después saludó a un par de conocidos en la plaza y se encaminó a la Casa del Libro de Botswana. Era su tienda favorita y generalmente se entretenía allí más de una hora, aun para la compra más nimia, lo que le daba tiempo más que suficiente para hojear a gusto las estanterías. Pero aquella mañana, con una misión clara en la cabeza, a la par que preocupante, se propuso firmemente resistir la tentación de las revistas de moda y decoración que poblaban aquellos estantes.

—Deseo hablar con el encargado, por favor —dijo a una de las empleadas.

—Puede hablar conmigo, si lo prefiere —respondió la joven dependienta.

Mma Ramotswe se mantuvo firme. La dependienta era educada, pero demasiado joven, y ella prefería hablar con alguien que supiera mucho de libros.

—No —sentenció Mma Ramotswe—. Deseo hablar con el encargado, Mma. Es un asunto muy importante.

La joven llamó al encargado y éste la saludó cordialmente.

—Me alegro de verla por aquí, Mma —dijo—. ¿Viene por alguna misión detectivesca?

Mma Ramotswe se echó a reír.

—No, Rra. Estoy buscando algún libro que me ayude a comprender un asunto muy delicado. ¿Podemos hablar en privado?

—Por supuesto, Mma —respondió él—. Nunca oirá hablar a un librero de lo que leen sus clientes si éstos buscan confidencialidad. Somos muy discretos.

—Bien —dijo Mma Ramotswe—. Busco algún libro que hable de una enfermedad llamada depresión. ¿Tiene alguna idea?

—No se preocupe, Mma —dijo el encargado con gesto afirmativo—. No sólo conozco el libro que anda buscando, sino que además tengo un ejemplar en la librería. Se lo puedo vender.

Dicho esto, hizo una breve pausa antes de añadir:

—Lo siento, Mma. La depresión no es una enfermedad precisamente alegre.

Mma Ramotswe miró alrededor por encima del hombro.

—No es por mí —dijo—. Es por el señor J.L.B. Matekoni. Creo que está deprimido.

El encargado hizo una mueca de solidaridad y la acompañó a la estantería del rincón, de donde sacó un libro fino de tapas rojas.

—Este libro es muy bueno —dijo al tiempo que se lo pasaba a Mma Ramotswe—. Si lee la contraportada, verá el testimonio de muchos pacientes que aseguran lo mucho que les ha ayudado este libro para afrontar la enfermedad. Siento lo del señor J.L.B. Matekoni, por cierto. Espero que con este libro se recupere pronto.

—Gracias por su ayuda, Rra —dijo ella—. Somos muy afortunados de tener una librería como la suya en este país. Gracias otra vez.

Pagó su compra y volvió a la mini furgoneta blanca hojeando el libro por el camino. Una frase en concreto le llamó la atención y se detuvo en seco para leerla con detenimiento.

«Una característica de los estados de depresión aguda es la sensación de que uno ha hecho algo terrible, como contraer deudas que no se pueden pagar o cometer algún delito grave. Esta sensación suele ir acompañada de un sentimiento de baja autoestima. Huelga decir que la supuesta mala acción nunca fue cometida, pero ni la lógica más aplastante logrará convencer al enfermo de lo contrario».

Mma Ramotswe releyó el párrafo y notó que se le iba levantando el ánimo por momentos. No era muy normal que un libro sobre depresión tuviera aquel efecto en el lector, pero en aquel momento lo tuvo. Por supuesto que el señor J.L.B. Matekoni no había hecho nada malo; era, como ella siempre había sabido, un hombre de conducta intachable. Ahora lo único que restaba hacer era convencerlo de ir a ver a un médico y empezar el tratamiento. Cerró el libro y echó un vistazo al resumen que había en la contraportada. «Para esta enfermedad hay un tratamiento eficaz…», decía. Eso la animó más todavía. Al menos sabía lo que tenía que hacer y la lista, tan larga y complicada a primera hora de la mañana, ahora le pareció menos gigantesca y abrumadora.

De ahí se dirigió directamente al taller Speedy Motors de Tlokweng Road. Advirtió, con alivio, que el taller estaba abierto y que Mma Makutsi se encontraba en la puerta de la oficina tomándose una taza de té. Los dos aprendices se habían sentado en los consabidos bidones de aceite, uno de ellos estaba fumando y el otro bebiéndose un refresco.

—¿No es un poco pronto para descansar? —preguntó Mma Ramotswe mirando a los aprendices.

—No, Mma, nos merecemos un descanso los tres —respondió Mma Makutsi—. Ya llevamos dos horas y media trabajando. Llegamos a las seis de la mañana y no hemos parado hasta ahora.

—Es verdad —confirmó uno de los aprendices—. No hemos parado. Y hemos hecho un trabajo formidable, Mma. Cuénteselo, Mma. Cuéntele lo que ha hecho.

—La directora en funciones es una mecánica de primera —terció el otro aprendiz—. Mejor aún que el jefe, diría yo.

Mma Makutsi se rió.

—Vamos, vamos. Eso es lo que mejor se les da, adular a las mujeres con sus piropos. Conmigo no les servirá de nada. Yo estoy aquí como directora en funciones, no como mujer.

—Pero es verdad, Mma —dijo el aprendiz mayor—. Bueno, si no se lo quiere contar ella, se lo contaré yo. Teníamos un coche para arreglar desde hacía cuatro o cinco días. Lo trajo una de las enfermeras más veteranas del hospital Princess Marina, una mujer muy fuerte, le aseguro que no me gustaría nada tener que bailar con ella.

—Esa mujer jamás bailaría con ustedes —le interrumpió Mma Makutsi con brusquedad—. ¿Por qué iba a querer bailar con unos adefesios grasientos pudiendo hacerlo con cirujanos y personas de nivel?

El aprendiz se tomó el insulto a broma y prosiguió el relato.

—El caso es que cuando trajo el coche nos dijo que a veces se le paraba en medio del tránsito y que para volverlo a arrancar tenía que esperar un rato. Cuando lograba arrancarlo de nuevo, recorría unos metros y se le volvía a parar.

»Inspeccionamos el motor. Metí la llave de contacto y el coche arrancó. Me fui con él hasta el antiguo aeródromo, incluso llegué a Lobatse Road. Nada. No se paró una sola vez. Pero la mujer nos había asegurado que de pronto se paraba, de modo que le cambié las bujías y volví a probarlo. Esta vez se me paró justo en la rotonda del Club de Golf. Se paró así, de golpe. Al rato arrancó nuevamente, pero pasó algo muy curioso que ya nos había dicho la mujer. Los limpiaparabrisas se pusieron en marcha cuando se paró el motor. Yo no los toqué.

»Así que esta mañana le dije a Mma Makutsi: "Este coche es muy raro, Mma. Se para de repente y luego vuelve a arrancar".

»Mma Makutsi se acercó y le echó un vistazo. Inspeccionó el motor y vio que las bujías eran nuevas y la batería también. Después abrió la puerta, se metió en el coche y puso esta cara, mire. Así mismo, ésta fue la cara que puso, con la nariz así. Y dijo: "Este coche huele a ratones. Reconozco el olor a la legua, esto son ratones".

»Después inspeccionó el interior. Buscó debajo de los asientos, pero no había nada. Luego miró debajo del salpicadero y comenzó a gritarnos a mi hermano y a mí: "Aquí hay una madriguera de ratones y se han comido el aislante de los cables de aquí abajo. Miren".

»Nos pusimos a ver esos cables, que son muy importantes porque conectan el encendido, y vimos que dos de ellos se tocaban, o casi, justo donde los ratones se habían comido el aislante. Cuando los cables entraban en contacto, el motor creía que el encendido estaba apagado y mandaba corriente a los limpiaparabrisas. Eso era lo que pasaba. Los ratones, por supuesto, salieron huyendo al ser descubiertos. Mma Makutsi sacó la madriguera del auto y la tiró a la basura. Después enrolló los cables con una cinta adhesiva que le dimos y ya está el coche arreglado. Ahora no tiene problemas de ratones ni de nada, y todo por ser tan buena detective.

—Es una mecánica detective —dijo el otro—. Haría muy feliz a un hombre, aunque también lo agotaría, supongo.

—Silencio —respondió Mma Makutsi festivamente—. Ya es hora de volver al trabajo. Soy la directora en funciones, no una de esas chicas de los bares de alterne que acostumbran a tratar. Se acabó el descanso.

Mma Ramotswe se echó a reír.

—Evidentemente, tiene talento para descubrir cosas, Mma. A lo mejor resulta que el trabajo de detective y el de mecánico no son tan distintos, a fin de cuentas.

En cuanto entraron en la oficina, Mma Ramotswe advirtió la inconfundible impronta de Mma Makutsi en medio del caos. Aunque el escritorio del señor J.L.B. Matekoni seguía cubierto de papeles, ahora estaban ordenados en distintos montones. En uno de ellos había facturas pendientes de cobro, en otro las que había que pagar. Los catálogos de los proveedores fueron a parar a la parte superior del fichero y los manuales de coches al estante que había encima del escritorio. En un extremo de la habitación, apoyada contra la pared, había una pizarra blanca y reluciente que Mma Makutsi había dividido en dos columnas: ENTRADA DE COCHES y SALIDA DE COCHES.

—En la Escuela de Secretariado de Botswana nos explicaron la importancia de utilizar un sistema. Si tienes un sistema que te dice todo el tiempo dónde estás, es imposible perderse —sentenció Mma Makutsi.

—Eso es cierto —coincidió Mma Ramotswe—. Se ve que saben mucho de negocios.

—Y eso no es todo —añadió Mma Makutsi con una sonrisa radiante—. Se me ha ocurrido hacerle una lista que le sirva de guía.

—¿Una lista?

—Sí —dijo Mma Makutsi entregándole una gran carpeta roja—. Ahí dentro está la lista. La actualizaré todos los días. Como verá, hay tres columnas: URGENTE, NO URGENTE, PARA EL FUTURO.

Mma Ramotswe dejó escapar un suspiro. No quería más listas, pero tampoco quería desanimar a Mma Makutsi, cuyas dotes para dirigir un taller eran incuestionables.

—Gracias, Mma —comentó mientras abría la carpeta—. Veo que ya ha comenzado usted la lista.

—Sí —respondió ella—. Mma Potokwani, la supervisora del orfanato, llamó esta mañana. Quería hablar con el señor J.L.B. Matekoni, pero le dije que no estaba. Entonces preguntó por usted y dijo que, por favor, la llamara. Como verá, este recado lo he puesto en la columna de NO URGENTE.

—Ahora la llamo —respondió Mma Ramotswe—. Querrá decirme algo de los niños. Es más, la voy a llamar ahora mismo.

Mma Makutsi volvió al taller y Mma Ramotswe la oyó dar un par de instrucciones a los aprendices. Descolgó el auricular, con huellas de grasa por todas partes, advirtió, y marcó el número que Mma Makutsi había escrito en la lista. Mientras sonaba el teléfono, hizo una cruz junto a la solitaria tarea de la lista.

Mma Potokwani respondió el teléfono.

—Muchas gracias por llamar, Mma Ramotswe. ¿Y los niños? ¿Están bien?

—Están muy bien, gracias.

—Me alegro. ¿Le puedo pedir un favor, Mma?

Mma Ramotswe sabía que así era como funcionaba el orfanato. Necesitaba ayuda y, como es natural, todos estaban dispuestos a dársela. Nadie podía decir que no a Mma Silvia Potokwani.

—Cuente con ello, Mma. Dígame de qué se trata.

—Me gustaría que viniera a tomar el té —anunció Mma Potokwani—. Esta misma tarde, si es posible. Hay algo que le quiero enseñar.

—¿Y no me puede decir lo que es?

—No, Mma —respondió—. Es difícil explicarlo por teléfono. Será mejor que lo vea con sus propios ojos.

Capítulo 9

En el orfanato de la granja

El orfanato se encontraba a las afueras de la ciudad, a unos veinte minutos en coche. Mma Ramotswe había ido en varias ocasiones; no tanto como el señor J.L.B. Matekoni, que lo visitaba con frecuencia para reparar toda serie de artilugios que cada dos por tres dejaban de funcionar como es debido. En concreto, había una bomba de agua que requería constante supervisión y un minibús cuyos frenos también había que revisar regularmente. Pero nunca lo hacía de mala gana y en el orfanato, como en todas partes, tenían muy buen concepto de él.

Mma Ramotswe apreciaba mucho a Mma Potokwani, con quien tenía un lejano parentesco por parte de madre. No era raro estar emparentado con unos o con otros en Botswana, una de las primeras lecciones que aprendían los extranjeros cuando se daban cuenta de que si criticaban a alguien inevitablemente estaban hablando con el primo lejano de esa persona.

Mma Potokwani charlaba con una de sus ayudantes en la puerta de la oficina cuando llegó Mma Ramotswe. Le indicó que estacionara la mini furgoneta blanca en un lugar reservado para las visitas, a la sombra de un frondoso celindo, y después la invitó a pasar.

—¡Qué calor está haciendo! —le dijo a Mma Ramotswe—. Menos mal que en mi oficina tengo un ventilador muy potente. Si lo pongo a máxima velocidad, la gente sale volando de la habitación. Es un arma poderosa.

—Espero que no me lo haga a mí —señaló Mma Ramotswe.

Por un momento tuvo una visión de sí misma saliendo despedida de la oficina de Mma Potokwani, con la falda revoloteando cielo arriba y mirando desde lo alto árboles y senderos y vacas, que a su vez alzarían la vista con verdadero asombro.

—No, a usted no, descuide —respondió Mma Potokwani—. Usted es el tipo de visita que me gusta recibir. Las que no me gustan son las que interfieren en mis asuntos. Esa gente que pretende explicarle a una su trabajo. A veces caen por aquí, les gusta meterse donde no les llaman. Creen que saben mucho de huérfanos, pero se equivocan. Las que más saben son esas mujeres que ve usted ahí —dijo señalando una ventana por la que se veía a dos de las madres encargadas de las casas.

Eran dos mujeres robustas con batas azules que paseaban con sendos niños que acababan de aprender a andar. Los niños iban firmemente agarrados con sus manos diminutas y ellas alentaban de buena gana sus pasos vacilantes e inseguros.

—Sí —prosiguió Mma Potokwani—. Ellas sí que saben. Consiguen entenderse con toda clase de niños, los que siempre están tristes y lloran todo el día por su difunta madre, los que son malos porque los han enseñado a robar, los maleducados, que no han aprendido a respetar a los mayores y dicen groserías. Esas mujeres hacen lo imposible, se lo aseguro.

—Y son muy generosas —dijo Mma Ramotswe—. Los dos hermanos que acogimos el señor J.L.B. Matekoni y yo dicen que aquí fueron muy felices. Ayer mismo, Motholeli me leyó un relato que había escrito en el colegio. Era la historia de su vida. La mencionó a usted, Mma.

—Me alegra que fuera feliz aquí —respondió Mma Potokwani—. Esa chica es muy valiente —hizo una pausa—. Pero no le he pedido que venga para hablar de esos niños, Mma. Quería comentarle una cosa muy rara que nos ha sucedido. Es tan rara que ni las madres saben qué hacer. Por eso se me ocurrió preguntarle a usted. Llamé al señor J.L.B. Matekoni porque quería pedirle su teléfono.

Alargó la mano para servirle una taza de té. A continuación, cortó un pedazo de tarta de frutas que había en un extremo de la bandeja.

—Esta tarta la han hecho las mayores —comentó—. También las enseñamos a cocinar.

Mma Ramotswe aceptó el generoso pedazo de tarta que le había servido y observó la cantidad de fruta que llevaba. Había por lo menos setecientas calorías en aquella porción, pero no le importaba; ella era una mujer corpulenta, a la manera tradicional, y no tenía que preocuparse de esas cosas.

—Como sabe usted, nosotras acogemos a niños huérfanos de todas partes —prosiguió Mma Potokwani—. Por lo general, nos los traen cuando muere la madre y nadie sabe quién es el padre. Muchas veces las abuelas no pueden ocuparse, ya sea porque están enfermas o porque son pobres de solemnidad, y los niños no tienen a quién recurrir. Los servicios sociales se encargan de traérnoslos, aunque también lo hace la policía. A veces los abandonan en algún lado y es la gente quien se pone en contacto con nosotros.

—Es una suerte que los puedan traer aquí —dijo Mma Ramotswe.

—Sí. Y normalmente no nos sorprende nada de lo que les haya podido ocurrir en el pasado, hemos visto todo tipo de situaciones. Nada nos escandaliza, créame. Pero de vez en cuando tenemos casos insólitos y no sabemos qué hacer.

—¿Y ahora tienen uno de esos casos?

—Sí —respondió Mma Potokwani—. Cuando se termine todo el pedazo de tarta que tiene delante, iremos a ver a un niño que acaba de llegar y que no tiene nombre. Cuando no tienen nombre, nosotras les ponemos uno. Buscamos un bonito nombre botswana y se lo adjudicamos. Generalmente, esto sólo ocurre con los bebés, los mayores suelen decirnos cómo se llaman. Pero este niño, no. Es más, creemos que nadie le ha enseñado a hablar. Así que decidimos llamarlo Mataila.

Mma Ramotswe terminó la tarta y apuró la taza de té. A continuación, acompañó a Mma Potokwani a una de las casas más alejadas del grupo de viviendas destinadas a los huérfanos. Había cerca un pequeño huerto donde cultivaban alubias y un patio delantero que estaba muy bien cuidado. «He aquí una madre que sabe llevar una casa», pensó Mma Ramotswe. ¿Cómo podía derrotarla un niño pequeño, siendo ella tan resuelta?

La madre encargada de aquella casa, Mma Kerileng, estaba en la cocina. Saludó a Mma Ramotswe afectuosamente mientras se secaba las manos en el delantal y las invitó a pasar al cuarto de estar. Era una habitación muy alegre, con un tablón grande donde los niños colgaban sus dibujos. En una de las esquinas había una caja llena de juguetes.

Mma Kerileng esperó a que sus invitadas se hubieran sentado antes de hacerlo ella misma en uno de los voluminosos sillones dispuestos alrededor de una mesa baja.

—He oído hablar de usted, Mma —le dijo a Mma Ramotswe—. Además, vi una fotografía suya en el periódico hace poco. Y, por supuesto, conozco al señor J.L.B. Matekoni porque viene mucho por aquí a arreglar todas las máquinas que siempre se nos rompen. Es usted muy afortunada por casarse con un hombre que sabe arreglar cosas. Por lo general, los maridos no saben más que romperlas.

Mma Ramotswe respondió al cumplido inclinando la cabeza ligeramente.

—Es un buen hombre —dijo—. En este momento no se encuentra muy bien, pero confío en que se recupere muy pronto.

—Sí, ya lo verá —respondió Mma Kerileng, antes de mirar a Mma Potokwani con expectación.

—Me gustaría que Mma Ramotswe viera a Mataila —dijo ésta—. A lo mejor nos puede dar algún consejo. ¿Cómo está hoy?

—Igual que ayer, y que anteayer. No hay ningún cambio en este chico.

Mma Potokwani dejó escapar un suspiro.

—Es muy triste. ¿Está durmiendo? ¿Puede abrir la puerta?

Mma Kerileng se levantó y las llevó hasta la puerta de la habitación por un reluciente pasillo. Mma Ramotswe advirtió, con regocijo, lo limpia que estaba toda la casa.

Sabía muy bien el enorme trabajo que se tomaba aquella mujer; el país estaba lleno de mujeres que trabajaban de sol a sol y que rara vez recibían algún elogio. Los políticos se atribuían el mérito de haber construido Botswana, ¿cómo se atrevían? ¿Cómo se atrevían a atribuirse el mérito del enorme esfuerzo que hacía Mma Kerileng y otras mujeres por el estilo?

Llegaron a una puerta que había al final del pasillo y Mma Kerileng sacó una llave del bolsillo de la bata.

—No recuerdo la última vez que tuvimos que encerrar a un niño en una habitación —dijo—. En realidad, creo que no lo hemos hecho nunca. Nunca hemos tenido que hacer una cosa así.

El comentario pareció incomodar a Mma Potokwani.

—Pero esta vez no hay más remedio —señaló—. De lo contrario, saldría corriendo y se escondería en la sabana.

—Por supuesto, no se puede hacer otra cosa —corroboró Mma Kerileng—. Lo digo sólo porque me da mucha pena.

Abrió la puerta empujándola suavemente y entraron en una habitación en la que no había más que un colchón en el suelo. La ventana no tenía cristal y estaba tapada con una celosía de hierro forjado, parecida a los barrotes de una cárcel. Sentado en el colchón, con las piernas extendidas hacia delante, había un niño de cinco o seis años, completamente desnudo.

El niño las miró en cuanto entraron, y por un instante Mma Ramotswe vio una chispa de miedo en aquel rostro, similar al que se aprecia a veces en los ojos de un animal asustado. Pero se desvaneció pronto y en su lugar quedó una mirada vacía, ausente.

—Mataila, ¿cómo estás? —dijo Mma Potokwani en setswana, articulando bien todas las palabras—. Esta mujer se llama Mma Ramotswe. Ramotswe. ¿La ves?

El niño levantó la mirada para contemplar a Mma Potokwani mientras hablaba, y así se quedó hasta que dejó de hablar. Después volvió a mirar al suelo.

—Creo que no entiende nada de lo que le decimos —explicó Mma Potokwani—, pero nosotras le hablamos de todos modos.

—¿Han intentado hacerlo en otros idiomas? —preguntó Mma Ramotswe.

—En todos los habidos y por haber. Llamamos a varios profesores del Departamento de Idiomas Africanos de la universidad. Probaron a hablarle en los idiomas más insospechados, por si hubiera venido desde Zambia. Le hablaron en herero, también en san. No es mosarwa, eso se ve a simple vista. Pero nada. No abrió la boca.

Mma Ramotswe dio unos pasos para acercarse más al chico. Él levantó la cabeza ligeramente, pero eso fue todo. Mma Ramotswe avanzó un poco más.

—Tenga cuidado —dijo Mma Potokwani—. Muerde. No siempre, pero a veces muerde.

Mma Ramotswe no se movió. Morder no era una táctica de pelea tan infrecuente en Botswana, y no le sorprendía que un niño la empleara. Había leído hacía poco un caso de este tipo de agresión en el periódico *Mmegi*. Un camarero mordió a un cliente a raíz de una pelea por la vuelta de la cuenta y el asunto terminó en el juzgado de primera instancia de Lobatse. El camarero fue condenado a un mes de prisión, pero nada más enterarse de la condena mordió también al policía que lo llevaba a la celda. «Un ejemplo

—pensó Mma Ramotswe—, de las pocas luces que suelen tener los violentos». El segundo mordisco le costó otros tres meses de cárcel.

Mma Ramotswe miró al niño.

—¿Mataila?

El niño no hizo ningún gesto.

—¿Mataila? —repitió mientras extendía el brazo hacia él, dispuesta a retirarlo de inmediato si era necesario.

El niño gruñó. No podía describirse de otra forma, pensó. Era un gruñido en toda regla. Un sonido grave, gutural, que parecía proceder del pecho.

—¿Lo ha oído? —preguntó Mma Potokwani—. ¿No le parece extraordinario? Y si le sorprende que esté desnudo, sepa que es porque rompe toda la ropa que le damos. La desgarra con los dientes y la tira al suelo. Le dimos un par de pantalones cortos y también hizo lo mismo.

Mma Potokwani se le acercó un poco más.

—A ver Mataila —le dijo—. Ahora vas a levantarte para salir del cuarto. Mma Kerileng quiere dar un paseo contigo al aire libre.

Dicho esto, se agachó y lo cogió del brazo, no sin cierta cautela. El niño giró la cabeza y Mma Ramotswe creyó por un instante que estaba a punto de morderla, pero no lo hizo. Se levantó mansamente y dejó que lo sacaran de la habitación sin presentar batalla.

Una vez fuera de la casa, Mma Kerileng le cogió la mano y juntos se encaminaron hacia unos árboles que lindaban con la cerca del recinto. El niño tenía un andar ciertamente peculiar, observó Mma Ramotswe. No estaba claro si corría o caminaba, como si fuera a salir brincando en cualquier momento.

—Ahí tiene a nuestro Mataila —dijo Mma Potokwani viendo cómo se alejaban los dos—. ¿Qué le parece?

Mma Ramotswe hizo una mueca de incomprensión.

—Es muy raro. Le habrá ocurrido algo terrible…

—No lo dude —coincidió Mma Potokwani—. El otro día se lo comenté al médico que lo atendió. Dijo que tal vez sí, o tal vez no. Parece que hay niños que se comportan justamente así. Niños que se aíslan de todo el mundo y no aprenden nunca a hablar.

Mma Ramotswe vio que Mma Kerileng le soltaba la mano de vez en cuando.

—Tenemos que vigilarlo de cerca todo el tiempo —dijo Mma Potokwani—. Si nos despistamos, sale corriendo y se esconde en la sabana. La semana pasada desapareció cuatro horas. Al final lo encontraron cerca de las cloacas. Parece que no sabe que un niño desnudo a todo correr puede llamar la atención por aquí.

Mma Potokwani y Mma Ramotswe emprendieron el camino de regreso a la oficina. Mma Ramotswe se había deprimido. Se preguntaba por dónde empezar con un chico así. Era fácil atender las necesidades de huérfanos encantadores, como los dos que vivían con ella en Zebra Drive, pero había muchos otros que atender, niños heridos de un modo u otro que necesitarían paciencia y comprensión. Hizo un rápido repaso de su vida, con sus listas y sus exigencias, y se preguntó de dónde podía sacar tiempo para ser madre de un niño así. ¿La habrá llamado para pedirle que ella y el señor J.L.B. Matekoni se queden también con él? Mma Potokwani tenía fama de ser categórica, lo sabía, y de no aceptar un no por respuesta; justamente por eso era una acérrima defensora de los huérfanos. Con todo, no se la imaginaba abusando así de ella, pues abuso y no otra cosa era intentar endosarle un niño así.

—Yo tengo la vida muy complicada últimamente —empezó a decir ya cerca de la oficina—. Lo siento mucho, pero no podría...

En aquel momento pasaron unos niños junto a ellas y saludaron a la supervisora educadamente. Una de las niñas llevaba en brazos un cachorro muy pequeño y desnutrido; «los huérfanos se ayudan entre ellos», pensó Mma Ramotswe.

—Cuidado con ese perro —advirtió Mma Potokwani—. No sé cuántas veces os he dicho que no recojáis animales abandonados. ¿Cuándo vais a hacerme caso?

Acto seguido se volvió hacia Mma Ramotswe.

—Pero... ¡Mma Ramotswe! Espero que no pensara... ¡De ningún modo le iba a sugerir tal cosa! A duras penas nos las arreglamos aquí con él, con todos los medios que tenemos.

—La verdad es que me preocupaba un poco —dijo Mma Ramotswe—. Siempre estoy dispuesta a ayudar, pero conozco mis límites.

Mma Potokwani se echó a reír y le tocó el brazo cariñosamente para tranquilizarla.

—Claro que está siempre dispuesta a ayudar. De hecho, ya nos está ayudando con los dos huérfanos que tiene. No, lo único que quería era pedirle consejo. Me han dicho que se le da muy bien encontrar personas desaparecidas. ¿Nos podría decir, sólo decir, cómo podríamos averiguar de dónde ha salido este niño? Si logramos de algún modo saber algo de su pasado, de dónde es, por ejemplo, tal vez nos entendamos mejor con él.

Mma Ramotswe hizo un gesto negativo con la cabeza.

—Lo veo muy difícil. Habría que hablar con las personas que viven cerca de donde lo encontraron y hacerles muchas preguntas, no creo que quieran hablar. Si no, ya lo habrían hecho.

—Lleva usted razón —dijo Mma Potokwani con tristeza—. La policía les bombardeó a preguntas, allá cerca de Maun. Fueron a indagar en todos los pueblos de la zona, pero nadie sabía nada del chico. Les enseñaron una fotografía y ni con esas; decían que no a todo. No sabían nada de él.

A Mma Ramotswe no le sorprendía. Si alguien quería a ese niño, ya se habría puesto en contacto. Aquel silencio elocuente le hacía pensar, casi con seguridad, que el niño fue abandonado deliberadamente; sin descartar la posibilidad, siempre presente, de algún acto de brujería. Si un hechicero había dicho que el niño estaba poseído, o que era un *tokolosi*[1], no había nada que hacer: tenía suerte de estar vivo. Esos niños, por lo general, corrían una suerte muy distinta.

Habían llegado ya a la mini furgoneta blanca. Mma Ramotswe vio en el techo una hoja caída y la cogió. Esas hojas eran muy delicadas, con infinidad de minúsculas hojitas pegadas al peciolo, como el intrincado dibujo de una telaraña. De pronto oyeron las alegres voces de los niños, era una canción que Mma Ramotswe recordaba de su infancia y el recuerdo la hizo sonreír.

---

1 En la mitología zulú, duende o elfo acuático de espíritu maligno. *(N. del T.)*

Ya vuelve el ganado, un, dos, tres,
unos vuelven antes y otros después.
Se oyen los cencerros, un, dos, tres,
resuenan las cañadas al atardecer.

Contempló a Mma Potokwani por un instante. Era un rostro que decía, en cada arruga, en cada rasgo: yo soy la supervisora del orfanato.

—Todavía cantan esa canción —comentó Mma Ramotswe.

—Yo también la canto —respondió Mma Potokwani con una sonrisa—. De las canciones de la infancia no nos olvidamos nunca, ¿a que no?

—Dígame una cosa. ¿Qué más le han dicho de ese niño? ¿No le han dicho nada los que lo encontraron?

Mma Potokwani se quedó pensativa unos instantes.

—Le dijeron a la policía que lo encontraron en plena noche, y que les costó bastante controlarlo. También dijeron que olía muy raro.

—¿A qué olía?

Mma Potokwani hizo un ademán indicando que no era para tomárselo en serio.

—Uno de los hombres dijo que olía a león. El policía se acordaba porque le sorprendió el comentario. Lo escribió en el informe que nos llegó cuando los funcionarios del departamento tribal de la zona nos trajeron al niño.

—¿A león? —preguntó Mma Ramotswe.

—Sí —corroboró Mma Potokwani—. Es absurdo.

Mma Ramotswe guardó silencio. Se metió en la furgoneta y le dio las gracias a Mma Potokwani por su hospitalidad.

—Pensaré en este niño —dijo—. A lo mejor se me ocurre algo.

Se dijeron adiós con la mano mientras la furgoneta se alejaba por el camino polvoriento hasta franquear la entrada del orfanato, con su gran letrero tallado: AQUÍ VIVEN NIÑOS.

Mma Ramotswe iba despacio porque en el camino había burros y vacas, además de los niños que los cuidaban. Algunos de ellos eran muy pequeños, no tendrían más de seis o siete años, como ese pobre niño que acababa de ver, tan silencioso y solitario en su pequeña habitación.

¿Qué podía pasar si uno de estos niños se perdía?, pensó Mma Ramotswe. ¿Qué pasaría si se perdía en medio de la sabana, lejos del puesto ganadero? ¿Se moriría, o correría otra suerte?

Capítulo 10

La historia del oficinista

Mma Ramotswe decidió que había llegado el momento de ponerse en acción respecto a la 1ª Agencia de Mujeres Detectives. No tardaron mucho en llevar los enseres a la nueva oficina, en la parte trasera del taller Speedy Motors de Tlokweng Road. En realidad, la mudanza consistía en un fichero con su contenido, unas bandejas de metal donde iban a parar los documentos antes de clasificarlos y guardarlos en el fichero, la vieja tetera con sus dos tazas descascarilladas y, por supuesto, la legendaria máquina de escribir que le había regalado el señor J.L.B. Matekoni y que ahora volvía a casa. Los dos aprendices se encargaron de meterlo todo en la mini furgoneta blanca, no sin aclarar previamente, a modo de queja simbólica, que aquella labor no les competía. Pero lo cierto es que tanto el uno como el otro parecían más que dispuestos a acatar las órdenes de Mma Makutsi, que no tenía más que silbarles desde la oficina para que alguno de los dos acudiera de inmediato a ver qué necesitaba.

Semejante obediencia era algo desconocido para Mma Ramotswe, que no acababa de entender el extraño poder que ejercía Mma Makutsi sobre los dos jóvenes. Mma Makutsi no era lo que se dice guapa en términos convencionales.

Tenía la piel demasiado oscura para los gustos actuales, pensaba Mma Ramotswe, y la crema que usaba para aclarársela tampoco ayudaba mucho porque le dejaba la piel a manchas. A esto había que sumarle el pelo, generalmente recogido en trenzas, pero con un peinado ciertamente insólito. Y por último las gafas; unas gafas de lentes portentosas que, en opinión de Mma Ramotswe, podían cubrir las necesidades visuales de al menos dos personas. Pero ahí estaba ella, una mujer que no habría superado la primera ronda de ningún concurso de belleza, ganándose las serviles atenciones de aquellos jóvenes manifiestamente difíciles. Aquello la dejaba de una pieza.

Una de las posibles razones, meditaba Mma Ramotswe, era que el aspecto físico no fuera lo único que contara, por supuesto. Tal vez no era Mma Makutsi mujer de gran belleza, pero tenía mucha personalidad y quizá era eso lo que aquellos jóvenes captaban. Por lo general, las reinas de la belleza no tenían carácter y los hombres terminaban cansándose tarde o temprano. Esos horripilantes concursos de belleza que organizaban —*Miss Amante Especial*, o *Miss Industria Ganadera*— ponían en el candelero a las chicas más disparatadas, que además pasaban después a opinar sobre todo tipo de asuntos, con el agravante de que aquellas opiniones eran generalmente escuchadas, por muy incomprensible que le resultara a Mma Ramotswe.

Sabía que los aprendices seguían aquellos concursos de belleza porque los había oído hablar de ello en más de una ocasión. Sin embargo, lo único que en aquel momento parecía importarles era impresionar a Mma Makutsi, y halagarla. Uno de ellos intentó darle un beso un día, a lo que ella respondió empujándolo con risueña indignación.

—¿Dónde se ha visto que un mecánico bese a la directora de un taller? —había dicho Mma Makutsi—. Vuelva al trabajo antes de que saque la vara y le dé una tunda que no olvidará fácilmente.

Los aprendices despacharon la mudanza en menos de media hora, lo que tardaron en cargar la furgoneta y subirse a la parte de atrás para sujetar el fichero durante el trayecto. Así fue como la 1ª Agencia de Mujeres Detectives, con su letrero y todo, puso rumbo a las nuevas instalaciones. Para Mma Ramotswe y Mma Makutsi fue un momento triste y las dos lagrimearon cuando se vieron cerrando la puerta por última vez.

—Anímese, Mma. Es una mudanza —dijo Mma Makutsi tratando de consolar a su jefa—. Tampoco es que hayamos cerrado el negocio.

—Lo sé —respondió Mma Ramotswe al tiempo que miraba, quizá por última vez, todo lo que rodeaba a la fachada del edificio, las azoteas de la ciudad y los espinos—. He sido muy feliz aquí.

«Seguimos en la brecha, sí, pero de milagro», pensó Mma Ramotswe. En los últimos días, con tanto ajetreo y tantas listas, se había ocupado muy poco de los asuntos de la agencia. Es más, no se había ocupado en absoluto, bien pensado. Tenía un solo caso por resolver, eso era todo, aunque seguramente ahora entrarían más. Al hombre del Gobierno podía cobrarle buenos honorarios, siempre y cuando resolviera con éxito la situación. También podía mandarle la factura de todos modos, hubiera o no hubiera resuelto el caso, pero siempre le resultaba violento pedir dinero cuando no había podido ayudar a un cliente. No descartaba armarse de valor y hacer una excepción en este caso, puesto que era un hombre adinerado y se lo podía permitir. «Qué fácil sería abrir una agencia de detectives dedicada únicamente a satisfacer las necesidades de los ricos —pensó—, la 1ª Agencia de Detectives para Ricos, donde los honorarios no serían obstáculo para nadie». Pero no era su caso, y además no estaba segura de quererlo, tampoco. A ella le gustaba ayudar a todo el mundo, sin reparar en clases sociales. En más de una ocasión había perdido dinero por no negar su ayuda a quien la necesitaba. «Para eso estoy —se dijo—, para atender a quien lo necesite. Ése es mi deber, ayudar a los demás con los problemas que surjan en sus vidas». Claro que tampoco era omnipotente. África estaba llena de gente necesitada y había que poner un límite. Ayudar a todo el mundo era imposible, pero al menos podía ayudar a los que se cruzaban en su camino. Gracias a ese principio fundamental, uno se podía ocupar del sufrimiento que veía, que pasaba a considerarse como propio. Los demás, por su parte, tendrían que lidiar con el que fueran encontrando por el camino.

¿Pero qué podía hacer, aquí y ahora, para mejorar la precaria situación de la agencia? Mma Ramotswe decidió repasar la lista y poner el caso del hombre del Gobierno a la cabeza, lo que significaba empezar a indagar de inmediato, y qué mejor que empezar por el padre de la esposa bajo sospecha. Había sobradas razones para pensar así, pero una de las más importantes era que si de verdad había un plan para deshacerse del hermano, seguramente no habría sido pergeñado por la esposa sino por el padre. Mma Ramotswe estaba convencida de que cuando alguien se proponía seriamente hacer el mal, casi nunca actuaba por iniciativa propia. Por lo general, había otra persona involucrada, alguien dispuesto a sacar tajada de un modo u otro, o una persona lo bastante cercana al autor material de los hechos como para brindarle apoyo moral. En este caso, esa persona sería el padre de la esposa. Si, como había sugerido el hombre del Gobierno, el padre era tan consciente del ascenso social que aquella unión implicaba, y si tanta importancia le daba, seguramente sería un hombre ambicioso. Y en tal caso, le vendría muy bien quitarse de en medio al yerno con el fin de conseguir una parte sustancial de los bienes de la familia. De hecho, cuanto más lo pensaba, más claro veía que el amago de envenenamiento fuera idea de aquel oficinista.

Se lo imaginaba perfectamente, sentado todo el día en su oficina gubernamental y meditando sobre el poder y la autoridad que veía por todas partes sin poder retener más que las migajas. Sería un martirio, para un hombre de esa calaña, ver pasar a diario al hombre del Gobierno en su coche oficial; un hombre del Gobierno que además era cuñado de su propia hija, ahí es nada. Qué mal debía de sentarle que se le negara el reconocimiento que sin duda pensaba obtener en cuanto corriera la voz de su conexión con tan ilustre familia. Si el dinero y el ganado caían en sus manos finalmente, o en las de su hija, que venía a ser lo mismo, dejaría ese denigrante trabajo de funcionario público y se dedicaría a vivir como los granjeros ricos. Él, que no tenía una sola vaca, acabaría teniéndolas a millares. Él, que hacía malabares para costearse un viaje anual a Francistown, comería carne todos los días y bebería litros de cerveza Lion Lager los viernes por la tarde en compañía de sus amigos, invitándolos generosamente a más de una ronda. Lo único que lo separaba de todo aquello era un pequeño corazón que seguía latiendo. Si conseguía silenciarlo, su vida daría un giro de ciento ochenta grados.

El hombre del Gobierno le había proporcionado a Mma Ramotswe el apellido de la esposa y le había comentado que al padre le gustaba sentarse a la hora del almuerzo debajo de un árbol cercano a la puerta del Ministerio. Eran datos más que suficientes para encontrarlo: el apellido del buen señor y su árbol.

En aquel momento, ella y Mma Makutsi estaban sentadas en la nueva oficina.

—Voy a empezar el caso nuevo hoy mismo —le dijo a Mma Makutsi—. Usted siga ocupándose del taller, yo tengo que volver a mi trabajo de detective.

—Bien —respondió ella—. El taller da mucho trabajo. Voy a estar muy ocupada.

—Me alegro mucho de que los aprendices estén respondiendo tan bien —dijo Mma Ramotswe—. Se los ha metido en el bolsillo.

Mma Makutsi le dirigió una sonrisa cómplice.

—Son unos pánfilos —dijo—. Pero a nosotras, mujeres hechas y derechas, no nos intimida nadie, y menos unos pánfilos como éstos.

—Ya lo veo —respondió Mma Ramotswe—. Habrá tenido usted muchos novios, Mma. Estos chicos se desviven por usted, eso es evidente.

Mma Makutsi negó con la cabeza.

—Casi no he tenido novios, Mma. No entiendo por qué estos dos son así conmigo, habiendo tantas chicas guapas en Gaborone.

—No se subestime, Mma —sentenció Mma Ramotswe—. Usted tiene mucho atractivo para los hombres, eso es incuestionable.

—¿De verdad lo cree? —preguntó Mma Makutsi, con una sonrisa radiante.

—Sí. Algunas mujeres se van haciendo más atractivas con la edad. Yo misma lo he visto alguna vez. Mientras las jovencitas, las reinas de la belleza, van perdiendo atractivo con los años, estas otras mujeres lo van ganando. Es un fenómeno muy interesante.

Mma Makutsi se quedó pensativa. Después se ajustó las gafas y Mma Ramotswe la sorprendió mirándose de reojo en el cristal de la ventana. No estaba segura de haberle dicho la verdad, pero se alegraba de haberlo hecho si con ello le subía la autoestima. No le venía nada mal despertar la admiración de ese par de apáticos, siempre y cuando no fuera a más la relación, cosa que veía poco probable, al menos de momento.

Dejó a Mma Makutsi en la oficina y salió en su furgoneta. Eran las doce y media; tardaría unos diez minutos en llegar, lo que le daba tiempo más que suficiente para estacionar la furgoneta en alguna parte y dirigirse al Ministerio con el fin de buscar al padre de la joven esposa, el señor Kgosi Sipoleli, oficinista y —si no le fallaba la intuición— asesino en potencia.

Dejó la furgoneta cerca de la iglesia católica, pues con el ajetreo que había en las calles del centro no encontró lugar más cercano. Tendría que ir al Ministerio dando un paseo, cosa que no le importaba en absoluto porque seguro que se encontraba con algún conocido y, como tenía tiempo, se pararía a charlar brevemente.

No se decepcionó. Nada más doblar la esquina se topó con Mma Gloria Bopedi, la madre de Chemba Bopedi, compañera suya del colegio de Mochudi. Chemba se había casado con Pilot Matanyani, que era director de un colegio de Selibi-Pikwe. Tenían siete hijos, el mayor de los cuales era un gran velocista y acababa de ganar el campeonato de Botswana en la categoría infantil.

—¿Cómo está su velocísimo nieto, Mma? —preguntó Mma Ramotswe.

La mujer, ya mayor, sonrió satisfecha. Le quedaban pocos dientes y Mma Ramotswe pensó que tal vez era preferible quitarse los pocos que le quedaban y ponerse una dentadura postiza.

—Mire que es rápido ese chico —dijo Mma Bopedi—. Pero es un demonio, créame. Aprendió a correr así de rápido para salir por piernas cada vez que la cosa se pone fea. Por eso corre tanto.

—Bueno, no hay mal que por bien no venga. Quién le dice que no acabe representando a Botswana en las Olimpiadas. Eso demostraría al mundo entero que los mejores velocistas no siempre son de Kenia.

Una vez más, reflexionó, lo que acababa de decir era falso. Lo cierto era que los mejores corredores eran de Kenia, efectivamente. Los kenianos son altos y de piernas largas, una constitución muy adecuada para correr. El problema con los de Botswana era la altura. Los hombres tendían a ser anchos de espalda y fornidos, lo que venía bien para cuidar el ganado pero no para hacer atletismo. De hecho, los sudafricanos en general no eran buenos atletas, aunque de vez en cuando salía algún zulú o algún swazi que dejaba su impronta en la pista, como el gran corredor swazi, Richard Mavuso «Concorde».

Los bóers eran buenos deportistas, había que reconocerlo. También eran muy altos, con muslos grandes y cuello ancho y fuerte, como las vacas Brahman. Jugaban mucho al rugby y parecían muy buenos, aunque tampoco es que se destacaran por su inteligencia. Ella prefería sin duda a los de Botswana, que quizá no eran tan corpulentos como esos jugadores de rugby, ni tan rápidos como los kenianos, pero al menos eran astutos y responsables.

—¿No le parece, Mma? —preguntó a Mma Bopedi.

—¿No me parece qué, Mma? —preguntó ésta a su vez.

Mma Ramotswe se dio cuenta de que había incluido a la mujer en sus divagaciones y se disculpó.

—Pensaba en nuestros hombres —dijo.

Mma Bopedi arqueó una ceja.

—¿En serio, Mma? Bueno, le confieso que yo también pienso en nuestros hombres de vez en cuando. No mucho, sólo a ratos. Ya sabe cómo son estas cosas.

Mma Ramotswe se despidió de Mma Bopedi y siguió camino. Al pasar por delante de la óptica se encontró al señor Motheti Pilai en la puerta. Miraba el cielo sin moverse apenas.

—Dumela, Rra —dijo educadamente—. ¿Se encuentra bien?

El señor Pilai bajó la vista.

—Mma Ramotswe —dijo—. Deje que la mire bien. Me acaban de dar estas gafas nuevas y por primera vez en muchos años veo el mundo claramente. ¡Qué maravilla! Se me había olvidado lo que era ver con tanta nitidez. Y aquí la tengo a usted, Mma. Tiene muy buen aspecto, por cierto, está muy gorda y muy guapa.

—Gracias, Rra.

Deslizó las gafas hasta la punta de la nariz.

—Mi mujer no se cansaba de decirme que necesitaba gafas nuevas, pero me daba miedo venir. No me gusta nada esa máquina que lanza rayos de luz a los ojos. Y mucho menos esa otra que te llena de aire el globo ocular. Por eso lo fui dejando. Ya ve usted qué tontería.

—Nunca conviene retrasar las cosas —comentó Mma Ramotswe, acordándose de cómo había retrasado el caso del hombre del Gobierno.

—Lo sé, créame —respondió el señor Pilai—. Lo que pasa es que por más que uno sepa lo que le conviene, muchas veces no lo hace.

—Es realmente asombroso —señaló Mma Ramotswe—. Pero tiene toda la razón. Es como si tuviéramos dentro dos personas. Una dice: haz esto. La otra dice: haz esto otro. Y lo bueno es que las dos voces son de la misma persona.

El señor Pilai la miraba fijamente.

—Qué calor hace hoy —dijo.

Ella coincidió con él y los dos se fueron a hacer sus cosas. No pararía más, decidió; ya era casi la una de la tarde y todavía tenía que localizar al señor Sipoleli y entablar con él la conversación que marcaría el inicio de sus indagaciones. En seguida identificó el árbol, a escasa distancia de la entrada principal del Ministerio. Era una frondosa acacia que proyectaba un gran círculo de sombra en el suelo polvoriento. Estratégicamente colocadas junto al tronco, había unas cuantas piedras que servían de cómodos asientos a quien quisiera sentarse debajo del árbol a contemplar en primera fila el bullicio cotidiano de Gaborone.

En aquel momento, a la una menos cinco de la tarde, no estaban ocupadas.

Mma Ramotswe eligió la más grande y se instaló en ella. Se había llevado un termo grande de té, dos tazones de aluminio y cuatro sándwiches de carne en conserva con gruesas rebanadas de pan. Sacó uno de los tazones y lo llenó de té rooibos. Después se reclinó contra el tronco del árbol y esperó. Le resultaba agradable sentarse a la sombra con una taza de té en la mano y ver pasar los coches. Nadie le prestaba la menor atención, pues era una visión absolutamente normal: una mujer fornida debajo de un árbol.

Poco después de la una y diez, cuando Mma Ramotswe ya se había tomado el té y estaba a punto de echarse una cabezadita en aquel lugar tan cómodo, le pareció ver una figura que salía de la puerta del Ministerio y se encaminaba hacia el árbol con paso resuelto. Cuando lo vio más de cerca, se le quitó el sueño de un plumazo. Ahora estaba de servicio y tenía que aprovechar al máximo la oportunidad de hablar con el señor Sipoleli; si es que era el señor Sipoleli la figura que se le acercaba más y más.

El hombre llevaba unos pantalones azules muy bien planchados, una camisa blanca de manga corta y una corbata marrón oscuro. Era exactamente la indumentaria que cabía esperar de un funcionario auxiliar, según la jerarquía burocrática. Y para corroborar el diagnóstico, ahí estaba la hilera de bolígrafos en el bolsillo de la camisa, todos muy ordenaditos. Ése era claramente el uniforme de un funcionario raso, aunque lo llevara un hombre ya cercano a los cincuenta. Se trataba, por tanto, de un funcionario estancado en su puesto y sin visos de prosperar.

El hombre se acercó al árbol con cierta cautela. Con la mirada fija en Mma Ramotswe, daba la sensación de que quería decirle algo pero no se atrevía a hacerlo.

Mma Ramotswe le dirigió una sonrisa.

—Buenas tardes, Rra —le saludó—. Qué calor hace hoy, ¿no le parece? Por eso estoy debajo de este árbol. Es lo mejor que se puede hacer cuando hace tanto calor.

—Sí —respondió el hombre asintiendo con la cabeza—. Yo suelo sentarme aquí.

Mma Ramotswe fingió sorpresa.

—No me diga, espero no haberme sentado en su roca, Rra. La vi aquí y como no había nadie, me senté.

Hizo un gesto de impaciencia con la mano.

—¿Mi roca? Bueno, en realidad sí lo es, ahora que lo dice. Ésa es mi roca. Pero éste es un lugar público y aquí puede sentarse todo el que quiera, supongo.

Mma Ramotswe se levantó.

—De ningún modo, Rra. Siéntese usted, faltaría más. Yo me sentaré en esa otra.

—No, Mma —se apresuró a decir, cambiando de tono—. No quiero molestarla. Ya me siento yo en esa otra.

—No. Usted se sienta en esta roca de aquí. Es su roca. Jamás se me habría ocurrido sentarme en ella sabiendo que es de otra persona. Yo puedo sentarme perfectamente en esta otra, que también es muy cómoda. Y usted en la suya.

—No —dijo con firmeza—. Vuelva donde estaba, Mma. Yo me puedo sentar en esta roca todos los días, si quiero. Usted, no. En esta roca me siento yo.

A regañadientes, Mma Ramotswe volvió a la roca inicial mientras el señor Sipoleli se instalaba en la otra.

—Estoy tomando té, Rra —dijo ella—. Pero tengo para los dos. Me gustaría invitarlo a una taza, ya que estoy sentada en su roca.

El señor Sipoleli sonrió.

—Es usted muy amable, Mma. Me encanta el té. Bebo mucho té en la oficina. Soy funcionario, sabe usted.

—¿Ah, sí? —señaló Mma Ramotswe—. Ése es un buen trabajo. Supongo que será usted una persona importante.

El señor Sipoleli se echó a reír.

—No —dijo—. No soy nada importante. Soy oficinista raso, pero me conformo con eso y hasta me siento afortunado. No sabe la cantidad de personas con títulos que ocupan puestos de mi nivel. Yo no tengo más que un Certificado de Cambridge, eso es todo. Y lo que he logrado con eso no está nada mal.

Mma Ramotswe lo escuchó mientras le servía un té. Le sorprendían aquellas palabras, pues esperaba otro tipo de persona, un funcionario de medio pelo con aires de importancia y ávido de mejorar su estatus. Por el contrario, el hombre aquel parecía satisfecho con lo que era y con lo conseguido hasta ahora.

—¿Y no lo pueden ascender, Rra? ¿No es posible prosperar en el Ministerio?

El señor Sipoleli reflexionó unos instantes.

—Sí, supongo sí —dijo tras una breve pausa—. El problema es que para eso hay que estar mucho tiempo ganándose las simpatías de los más veteranos. Y decir siempre lo que quieren escuchar y escribir malos informes de mis subordinados. Eso no me atrae en absoluto. No soy una persona ambiciosa. Estoy satisfecho con lo que hago, ésa es la verdad.

A Mma Ramotswe le faltó poco para derramar el té cuando se lo estaba pasando. Era lo último que esperaba oír y de pronto se acordó de un consejo de Clovis Andersen. «Nunca haga suposiciones», había escrito. «Nunca decida de antemano qué es qué, ni quién es quién, porque podría dar un paso en falso.»

Decidió ofrecerle un sándwich que sacó de una bolsa de plástico. Él aceptó, pero eligió el más pequeño de todos; «otra señal de modestia», pensó Mma Ramotswe. El señor Sipoleli de sus fantasías se habría abalanzado sobre el más grande sin perder un segundo.

—¿Tiene familia en Gaborone, Rra? —preguntó como quien no quiere la cosa.

El señor Sipoleli terminó de masticar antes de responder.

—Tengo tres hijas —dijo—. Dos de ellas son enfermeras, una trabaja en el hospital Princess Marina y la otra en Molepolole. La mayor sacó muy buenas notas en el colegio y después fue a la universidad. Estamos muy orgullosos de ella.

—¿Y vive en Gaborone? —preguntó Mma Ramotswe al tiempo que le pasaba otro sándwich.

—No —respondió él—. No vive aquí. Se casó con un joven que conoció en la universidad. Viven por ahí, en esa dirección.

—Y este yerno suyo —indagó Mma Ramotswe—, ¿qué le parece? ¿Se porta bien con ella?

—Sí —sentenció él—. Es muy buena persona. Son muy felices, y espero que tengan muchos hijos. No sabe las ganas que tengo de ser abuelo.

Mma Ramotswe reflexionó unos instantes. Después dijo:

—Lo mejor de que los hijos se casen es saber que nos podrán cuidar de mayores, ¿no le parece?

—Puede ser —dijo con una sonrisa—. Pero mi mujer y yo tenemos otros planes. Nuestra idea es volver a Mahalapye. Tenemos vacas, no muchas, y algunas tierras. Estaremos bien. Eso es lo único que queremos.

Mma Ramotswe guardó silencio. Saltaba a la vista que era buena persona y que decía la verdad. La sospecha de que pudiera estar tramando un plan para matar a su yerno era descabellada, y se sintió genuinamente avergonzada por ello. Para ocultar su desconcierto, le ofreció otra taza de té y él aceptó con gratitud. Después de otros quince minutos de conversación sobre la actualidad, ella se levantó, se sacudió el polvo de la falda y le dio las gracias por compartir su hora del almuerzo con ella. Ya sabía lo que quería saber, al menos respecto al padre. Pero aquel encuentro también ponía en tela de juicio las conjeturas sobre su hija. Si en algo se parecía al padre, era imposible que quisiera envenenar al marido. Parecía muy difícil que un hombre tan sencillo y modesto hubiera criado a una hija capaz de semejante atrocidad. Por otra parte, se daban casos de hijos desalmados nacidos de buenas entrañas; no hacía falta haber vivido mucho para darse cuenta de ello. Pero era bastante improbable, lo que significaba que la siguiente fase de la investigación iba a exigir una apertura mental mucho mayor que la que había marcado la fase inicial.

«Hoy he aprendido una lección», se dijo a sí misma de camino a la furgoneta. Iba tan enfrascada en sus pensamientos que apenas reparó en la presencia del señor Pilai, que seguía en la puerta de la óptica mirando las ramas más altas del árbol que estaba a su lado.

—Me quedé pensando en lo que me dijo, Mma —señaló al verla pasar—. La verdad es que da mucho que pensar.

—Sí —respondió ella, ligeramente desprevenida—. Y me temo que no sé la respuesta, se lo aseguro.

El señor Pilai hizo un gesto negativo con la cabeza.

—Entonces tendremos que seguir dándole vueltas al asunto.

—Sí —dijo Mma Ramotswe—. Eso haremos.

Capítulo 11

Mma Potokwani interviene

El hombre del Gobierno le había dado a Mma Ramotswe un número de teléfono que podía usar en cualquier momento sin tener que pasar por secretarias ni ayudantes. Aquella tarde lo probó por primera vez y consiguió comunicarse con su cliente, que se alegró de oírla y le dijo que celebraba que hubiera empezado la investigación.

—Me gustaría ir a la granja la semana que viene —anunció Mma Ramotswe—. ¿Ha hablado con su padre?

—Sí —respondió el hombre del Gobierno—. Le he dicho que iba a tomarse unos días de descanso. Le conté que gracias a usted me votaron muchas mujeres y que se lo ofrecí como muestra de gratitud. La cuidarán bien, no tema.

Intercambiaron detalles de la excursión y él le dio instrucciones de cómo llegar a la granja, que se encontraba cerca de la carretera de Francistown, al norte de Pilane.

—Estoy seguro de que pondrá en evidencia la maldad de esa mujer —señaló el hombre del Gobierno—. Y podremos rescatar a mi pobre hermano, ya lo verá.

Mma Ramotswe respondió con evasivas.

—Ya veremos. No le garantizo nada. Tendré que verlo con mis propios ojos.

—Por supuesto, Mma —se apresuró a puntualizar el hombre del Gobierno—. Pero confío plenamente en su capacidad para descubrir lo que se está fraguando. Sé que hallará pruebas incriminatorias contra esa mala mujer. Lo único que espero es que lleguemos a tiempo.

Después de la llamada, Mma Ramotswe se quedó en su escritorio con la mirada fija en la pared. Acababa de eliminar de la agenda una semana entera, y eso significaba que los demás quehaceres de la lista quedarían abocados a un futuro incierto. Del taller no tenía que preocuparse, al menos de momento, ni de las posibles llamadas a la agencia. Mma Makutsi podía encargarse de todo ello y además había aleccionado a los aprendices para que respondieran el teléfono, por si ella se encontraba en ese momento debajo de un coche, cosa que cada vez era más frecuente.

¿Pero qué iba a hacer con el señor J.L.B. Matekoni? Ése era claramente el tema más difícil de resolver y todavía no había hecho nada al respecto, pero sabía que tenía que hacerlo cuanto antes. Ya se había leído el libro sobre depresión y ahora se sentía más segura para lidiar con sus asombrosos síntomas. Siempre se corría el riesgo de que el paciente hiciera una locura por impulso —el libro había sido muy explícito en este punto— pero no podía ni pensar en la posibilidad de que el señor J.L.B. Matekoni llegara a tales extremos movido por su sentimiento de inferioridad y de baja autoestima. Tenía que conseguir a toda costa que fuera a ver al doctor Moffat, pues era el primer paso para iniciar el tratamiento. Pero cuando le sugirió consultar a un médico, lo rechazó de plano. Y si volvía a la carga era muy probable que obtuviese la misma respuesta.

Se preguntaba si no habría forma de hacerle tomar esas pastillas con artimañas de algún tipo. No le atraía la idea de utilizar métodos más bien turbios con el señor J.L.B. Matekoni, pero cuando una persona perdía transitoriamente la razón, el fin justificaba los medios con tal de que se sintiera mejor. Era como si un ente maléfico lo hubiera secuestrado y pidiera un rescate. Nadie dudaría en recurrir al engaño para vencer al maléfico ser. Desde su punto de vista, era una manera de actuar absolutamente acorde con la vieja moral Botswana, o de cualquier parte, bien pensado.

Había contemplado la posibilidad de esconderle las pastillas en la comida, pero para eso tenía que estar presente en todas las comidas del día y no era el caso. Él ya no cenaba en su casa ninguna noche, y no podía plantarse de sopetón en su casa para tal fin porque sería sospechoso. Además, presentía que no estaba comiendo mucho —ya lo advertía el libro— porque la última vez que lo vio le pareció que estaba mucho más delgado. Resultaría imposible, por tanto, administrarle la medicación por esa vía, por más que estuviera justificada.

Mma Ramotswe dejó escapar un suspiro. No iba con su carácter quedarse sentada mirando la pared y por un instante llegó a pensar si no estaría deprimiéndose ella también. Pero fue un pensamiento fugaz; la posibilidad de enfermarse quedaba absolutamente descartada. Todo dependía de ella: el taller, la agencia, los niños, el señor J.L.B. Matekoni, Mma Makutsi, por no decir nada de los parientes de Bobonong. Sencillamente, no podía permitírselo. De modo que se levantó, se alisó el vestido y se dirigió al teléfono, que estaba en la otra punta de la habitación. Sacó el cuadernito donde anotaba los teléfonos. Potokwani, Silvia. Supervisora. Orfanato.

Mma Potokwani estaba entrevistando a una posible madre de acogida cuando llegó Mma Ramotswe. Sentada en la sala de espera, su mirada se detuvo en una pequeña salamandra blancuzca que acechaba a una mosca, justo encima de su cabeza. Tanto la salamandra como la mosca estaban boca abajo; la primera se sujetaba con las diminutas ventosas de los dedos, la segunda con los apéndices. Llegado un momento, la salamandra se abalanzó sobre su presa con un movimiento súbito e inesperado, pero no llegó a tiempo y la mosca se lanzó al vacío con una triunfal pirueta antes de posarse en el alféizar de la ventana.

Mma Ramotswe cogió una de las revistas esparcidas por la mesa y se dispuso a hojearla. Había una propaganda gubernamental con fotografías de los funcionarios más veteranos. Escudriñó aquellos rostros. Conocía a más de uno y, en un par de casos, hasta sabía bastante más de lo que nunca saldría publicado en este tipo de propagandas. Reparó también en el rostro de su particular hombre del Gobierno, que sonreía a la cámara con aplomo a pesar de la ansiedad que lo consumía por dentro, en su afán de imaginar conspiraciones que atentaban contra la vida de su hermano, como ella bien sabía.

—¿Mma Ramotswe?

Mma Potokwani había salido a la puerta de la oficina para despedir a una futura madre y desde ahí se dirigió a ella.

—Lamento haberle hecho esperar, Mma, pero me parece que he encontrado un hogar para uno de nuestros casos más complicados. Tenía que asegurarme de que era la mujer adecuada.

Entraron las dos en la oficina y Mma Ramotswe reparó en un plato lleno de migas, prueba fehaciente de la última porción de tarta que había servido.

—¿Ha venido por lo del chico? —preguntó Mma Potokwani—. Seguro que ya se le ha ocurrido algo.

—Lo siento, Mma —dijo haciendo un gesto negativo con la cabeza—. No he tenido ni tiempo de pensar en él. Tengo muchas cosas en la cabeza.

Mma Potokwani sonrió.

—Usted es una mujer muy ocupada.

—He venido para pedirle un favor —señaló Mma Ramotswe.

—¡Ah! —exclamó con verdadero entusiasmo—. Generalmente soy yo la que pide favores. Esto cambia las cosas, y me alegro de que así sea.

—El señor J.L.B. Matekoni está enfermo. Creo que tiene una enfermedad que se llama depresión.

—Huy, conozco bien ese trastorno —interrumpió Mma Potokwani—. Como sabrá, de joven fui enfermera. Trabajé un año en el hospital psiquiátrico de Lobatse. He visto lo que puede provocar esa enfermedad. Pero al menos ahora tiene tratamiento. Los pacientes acaban recuperándose.

—Sí, eso he leído —dijo Mma Ramotswe—. Pero hay que tomar pastillas. El señor J.L.B. Matekoni se niega a ver a ningún médico. Dice que no está enfermo.

—Eso es una estupidez —sentenció Mma Potokwani—. Tiene que ir al médico inmediatamente. Dígaselo usted.

—Lo he intentado. Pero dice que no le pasa nada. Necesito que alguien lo lleve al médico. Alguien que...

—¿Alguien como yo? —interceptó Mma Potokwani.

—Sí. Siempre ha hecho lo que usted le ha pedido. No se atreverá a contradecirla.

—Pero va a tener que tomar pastillas y yo no puedo estar ahí para vigilarlo.

—Bueno —dijo Mma Ramotswe con aire pensativo—, si lo trajera aquí, podría cuidarlo. Y asegurarse de que toma la medicación y se va recuperando.

—¿Está diciendo que me lo traiga al orfanato?

—Sí —respondió Mma Ramotswe—. Tráigaselo aquí hasta que empiece a mejorar.

Mma Potokwani tamborileó sobre la mesa.

—¿Y si dice que no quiere venir?

—No se atreverá a contradecirla, Mma. Se moriría de miedo.

—Ah —dijo Mma Potokwani—. ¿Tanto miedo doy?

—Un poco, sí —respondió Mma Ramotswe con delicadeza—. Pero sólo a los hombres. Los hombres respetan mucho a las supervisoras de los orfanatos.

Mma Potokwani reflexionó unos instantes antes de contestar.

—El señor J. L. B. Matekoni ha sido siempre un buen amigo del orfanato. Ha hecho mucho por nosotros. Voy a ayudarla, Mma Ramotswe. ¿Cuándo quiere que vaya a verlo?

—Hoy —dijo Mma Ramotswe—. Llévelo hoy mismo a ver al doctor Moffat. Y después se lo trae aquí directamente.

—Muy bien —dijo Mma Potokwani, con bríos renovados ante la inminente puesta en acción—. Iré hoy mismo.

A ver si me explica cara a cara qué es esa tontería de no querer ir al médico. Déjelo en mis manos, Mma. Confíe en mí.

Mma Potokwani la acompañó hasta la mini furgoneta blanca.

—Y no se olvide de ese chico, Mma. ¿Se acordará de pensar en él?

—No tema, Mma —respondió Mma Ramotswe—. Me ha quitado un gran peso de encima. Ahora me toca a mí quitárselo a usted.

El doctor Moffat atendió al señor J.L.B. Matekoni en el despacho que estaba al final de la galería, momento que Mma Potokwani y la señora Moffat aprovecharon para tomar un té en la cocina. La mujer del médico, bibliotecaria, era una mina de información y Mma Potokwani le consultaba alguna duda de vez en cuando. Estaba anocheciendo y los insectos que lograban franquear la mosquitera del despacho del doctor Moffat daban vueltas y más vueltas alrededor de la lámpara del escritorio como embriagados. Algunos se precipitaban contra la pantalla e inmediatamente, chamuscados por el calor, salían despavoridos con las alas heridas. Sobre la mesa había un estetoscopio y un tensiómetro, con la perilla de goma colgando por un costado, y en la pared un viejo grabado de las misiones de Kuruman a mediados del siglo diecinueve.

—Hace tiempo que no nos vemos, Rra —dijo el doctor Moffat—. Mi coche se porta muy bien últimamente.

El señor J.L.B. Matekoni empezó a esbozar una sonrisa, pero sucumbió ante el esfuerzo.

—No estoy...

Se le desvaneció la voz. El doctor Moffat esperó, pero no salió nada más de su boca.

—¿No se encuentra muy bien últimamente?

El señor J.L.B. Matekoni negó con la cabeza.

—Estoy muy cansado. No puedo dormir.

—Eso es malo. Si no dormimos, nos sentimos mal.

Dicho esto, hizo una pausa.

—¿Le preocupa algo en concreto? ¿Tiene preocupaciones de algún tipo?

El señor J.L.B. Matekoni se quedó pensando. Abrió la boca como queriendo articular palabras imposibles y finalmente respondió.

—Me preocupa que salgan a relucir cosas muy crueles que hice en el pasado. Si es así, viviré en la ignominia. Me tirarán piedras. Será mi ruina.

—¿Y estas cosas tan crueles, en qué consisten? Le recuerdo que puede contarme lo que quiera con total confianza, no se lo diré a nadie.

—Fue hace mucho tiempo. Son terribles. No se lo puedo contar a nadie, ni siquiera a usted.

—¿Está seguro de no querer hablar?

—Sí.

El doctor Moffat observó al señor J.L.B. Matekoni. Tenía el cuello de la camisa mal abrochado, los cordones de los zapatos rotos; después le vio los ojos, casi llorosos de tanta angustia, y no lo dudó un segundo.

—Le voy a recetar un medicamento que le hará sentirse mejor —dijo—. Mma Potokwani dice que va a cuidar de usted hasta que empiece a recuperarse.

El señor J.L.B. Matekoni asintió con desgana.

—Pero me tiene que prometer que se tomará las pastillas —prosiguió el doctor Moffat—. ¿Me da su palabra de que lo hará?

El señor J.L.B. Matekoni, con la mirada fija en el suelo, no se inmutó.

—Mi palabra no vale nada —dijo en voz baja.

—Así es como habla la enfermedad —respondió el doctor con cortesía—. Su palabra vale mucho.

Mma Potokwani lo llevó hasta el coche y le abrió la puerta para que entrara. El doctor Moffat y su mujer habían salido a la verja y ella les dijo adiós con la mano. Ellos respondieron al saludo de la misma forma y volvieron a entrar en casa. Mma Potokwani arrancó el coche y se alejó lentamente rumbo al orfanato. En el camino de vuelta pasaron por delante del taller Speedy Motors de Tlokweng Road. El taller, triste y solitario en la oscuridad, no mereció ni una simple mirada de su propietario, de su creador.

Capítulo 12
Asuntos familiares

Decidió salir por la mañana con la fresca, aunque fuera un viaje de poco más de una hora. Rose había preparado el desayuno y ella se dispuso a compartirlo con los niños en la galería de su casa de Zebra Drive. Había mucha tranquilidad a esas horas porque el tráfico era escaso antes de las siete de la mañana, cuando la mayor parte de la gente empezaba a ponerse en marcha. Vieron pasar a algún que otro viandante, un hombre alto con pantalones harapientos comiéndose una mazorca de maíz carbonizada, una mujer que llevaba un bebé a la espalda, atado con un chal, y uno de los perros rubios de su vecina, un animal flaco y desnutrido que en aquel momento pasó por delante con paso decidido, atraído por algún misterioso asunto perruno. Mma Ramotswe toleraba los perros, pero tenía verdadera aversión por esas criaturas rubias y pestilentes que vivían en la casa de al lado. Siempre se despertaba con los aullidos que lanzaban por la noche; ladraban a las sombras, a la luna, a las rachas de viento. Además, estaba convencida de que espantaban a los pájaros, que sí le gustaban, y éstos apenas acudían ya a su jardín. Todas las casas, salvo la suya, parecían tener su buena cuota de perros. De vez en cuando estos perros, venciendo las restricciones de las lealtades impuestas y superando su mutua animosidad, patrullaban la calle en manada y se dedicaban a perseguir coches y asustar a los ciclistas.

Mma Ramotswe sirvió una taza de té para ella y otra para Motholeli; a Puso, que no quería acostumbrarse al té, le sirvió un vaso de leche tibia con dos generosas cucharadas de azúcar. Era muy goloso, probablemente a consecuencia de los dulces que le había dado su hermana mientras cuidó de él en aquel patio trasero de Francistown. Intentaría inculcarle hábitos más sanos, pero ese cambio requería paciencia. Rose había preparado un guiso de avena que sirvió en distintos cuencos, y en cuya superficie se veían los hilos sueltos de melaza. En otro plato había trozos de papaya. Era un desayuno saludable para un niño, pensó Mma Ramotswe. Se preguntaba qué habrían desayunado estos niños de haberse quedado con su familia. Esa gente sobrevivía casi de milagro, desenterrando raíces, buscando larvas, comiendo huevos de aves. Pero cazaban como nadie, y seguro que más de una vez se daban un festín de carne de avestruz y duiker, cosa que poca gente de la ciudad se podía permitir.

Le vino a la mente una ocasión en que, viajando hacia el norte, se bajó de la furgoneta junto a la carretera para tomarse un té del termo que llevaba, justo donde un maltrecho cartel anunciaba el cruce del Trópico de Capricornio. Creía que estaba sola y se sorprendió al ver salir de un árbol a un mosarwa, o bosquimano, como solían llamarlos. No llevaba más que un pequeño mandil de cuero y una especie de zurrón. Se le acercó silbando en ese curioso idioma que tienen. Por un momento se asustó; aunque ella lo doblaba en tamaño, estos individuos solían llevar flechas, y venenos, y eran muy rápidos por naturaleza.

Mma Ramotswe se levantó con ciertas reservas, dispuesta a abandonar el termo ahí mismo y refugiarse de inmediato en la mini furgoneta blanca, pero el hombre se limitó a señalarse la boca en gesto de súplica. Comprendiendo la situación, ella le pasó el termo, pero lo que quería era comida, no bebida. Lo único que llevaba Mma Ramotswe eran dos sándwiches de huevo y cuando se los ofreció, los agarró con avidez y se los comió en un santiamén. Cuando terminó, se chupó los dedos y dio media vuelta. Mma Ramotswe lo vio desaparecer entre la sabana, fundiéndose en ella con la naturalidad de una criatura salvaje. Nunca supo qué opinión le había merecido el sándwich de huevo, ni si le había gustado más, o menos, que los manjares del Kalahari; básicamente roedores y tubérculos.

Los niños habían pertenecido a ese mundo, pero ya no había vuelta atrás. Era un tipo de vida al que, sencillamente, no se podía volver porque lo que entonces se daba por sentado ahora resultaría extremadamente inhóspito, y la capacidad de sobrevivir en tales circunstancias se habría perdido. Hoy por hoy, el lugar de los niños estaba con Rose y Mma Ramotswe, en Zebra Drive.

—Voy a tener que ausentarme cuatro o cinco días —les anunció mientras desayunaban—. Rose se quedará con vosotros y os cuidará muy bien.

—Muy bien, Mma —dijo Motholeli—. Yo la ayudaré.

Mma Ramotswe le dirigió una sonrisa alentadora. Motholeli había criado a su hermano y estaba en su naturaleza ayudar a los más pequeños. Sería una buena madre, llegado el momento. Nada más pensarlo, lo dudó. ¿Podría ser madre, pese a la silla de ruedas? Probablemente sería imposible dar a luz en silla de ruedas. Era muy injusto, pero tampoco había que llevarse a engaños con falsas ilusiones. La vida siempre sería mucho más dura para ella, siempre. Por otra parte, tenía que haber hombres de buen corazón que no le dieran importancia a la difícil coyuntura y que quisieran casarse con ella por su nobleza y su valentía; pero esa raza de hombres no abunda, reflexionó Mma Ramotswe, que en aquel momento no atinaba a pensar en ninguno en concreto. ¿O sí? Estaba el señor J.L.B. Matekoni, por supuesto. Él era un buen hombre, pese a su locura pasajera, y también estaba el obispo, y Sir Seretse Khama, estadista y jefe supremo, y el doctor Merriweather, que dirigía el Hospital Escocés de Molepolole; él también era un buen hombre. Y había otros no tan conocidos, ahora que lo pensaba. Por ejemplo, el señor Potolani, que combatía la miseria de los más pobres dándoles casi todo el dinero que había ganado con sus comercios; y aquel hombre que fue a reparar el tejado de su casa y arregló la bicicleta de Rose sin pedir nada a cambio, sólo porque vio que estaba rota. Había muchos hombres buenos, a decir verdad; quizá sí que habría uno para Motholeli a su debido tiempo. No era imposible.

Siempre y cuando ella quisiera un marido, por supuesto. Era más que posible ser feliz sin casarse, o razonablemente feliz. Ella misma se congratulaba de su soltería, si bien es cierto que, a fin de cuentas, había preferido casarse. No veía el momento de que el señor J.L.B. Matekoni comiera bien de una vez por todas. No veía el momento de que cuando se oyeran ruidos en plena noche —como venía sucediendo últimamente— fuera el señor

J.L.B. Matekoni, y no ella, quien se levantara a hacer las investigaciones de rigor. «Todos necesitamos a alguien en esta vida —pensó Mma Ramotswe—, alguien que sea para nosotros un pequeño dios terrenal, según la tradición kgatla. Puede ser un cónyuge, un hijo, un padre o cualquier otra persona, pero tiene que haber alguien que le dé sentido a nuestra vida». Ella siempre había tenido a su padre, el difunto Obed Ramotswe, minero y ganadero, además de un perfecto caballero. Había disfrutado mucho haciendo cosas por él mientras vivía, y ahora disfrutaba haciéndolas por su memoria. Pero la memoria de un padre llega hasta donde llega.

Muchos argumentaban que para ello no era necesario casarse. Y tenían razón, hasta cierto punto. No hay que casarse para tener a alguien en la vida, lo que pasa es que en tal caso no hay ninguna garantía de permanencia. Tampoco es que el matrimonio ofreciera semejante garantía, pero al menos los cónyuges expresaban el deseo de unirse al otro de por vida. Y si la experiencia demostraba que estaban equivocados, por lo menos lo habrían intentado. Mma Ramotswe no soportaba a los que condenaban el matrimonio. En otros tiempos, el matrimonio era una trampa para las mujeres porque concedía a los hombres todos los derechos y a ellas sólo las obligaciones. Eso ocurría en los matrimonios tribales, por más que las mujeres fueran ganándose el respeto de los demás con los años, sobre todo si tenían hijos varones. Para Mma Ramotswe aquello era intolerable y nada tenía que ver con el concepto moderno de matrimonio, concebido como una unión entre iguales. Las mujeres cometían un error garrafal, pensaba ella, dejándose embaucar por el escepticismo y la total pérdida de fe en el matrimonio. Algunas pensaban que eso las salvaría de la tiranía de los hombres, y en cierto sentido lo entendía, pero con ese pretexto, ellos no dudaban en hacer gala de su egoísmo. Si fueses hombre y te dijeran que puedes estar con una mujer hasta que te canses y después cambiarla por otra más joven, sin que nadie recrimine en ningún momento tu conducta —porque al no haber adulterio, dónde está la ofensa— la cosa sería de lo más conveniente.

—¿Quiénes son las únicas que sufren hoy en día? —le había preguntado un día a Mma Makutsi, mientras esperaban las dos a que entrara algún cliente en la agencia—. ¿No son acaso las mujeres abandonadas por un marido que se ha ido con otra más joven? En cuanto los hombres cumplen cuarenta y cinco años, deciden que ya han tenido bastante y, sin pensarlo dos veces, se van con una mujer más joven.

—Tiene razón, Mma —dijo Mma Makutsi—. Las que sufren son las mujeres de Botswana, no los hombres. Los hombres están más contentos que unas pascuas. Eso lo he visto yo con mis propios ojos, cuando estudiaba en la Escuela de Secretariado de Botswana.

Mma Ramotswe quedó a la espera de los detalles.

—En la escuela había muchas chicas guapas y seductoras —prosiguió Mma Makutsi—. Por lo general, eran precisamente las que menos se esforzaban. En los exámenes finales sacaban un promedio de cincuenta por ciento, o poco más. Salían de noche tres o cuatro días por semana y muchas de ellas conocían a hombres bastante mayores, que probablemente tenían más dinero y mejores coches. A ellas no les importaba que estuvieran casados. Salían con ellos y se pasaban la noche entera bailando en los bares. ¿Y qué ocurría después, Mma?

Mma Ramotswe hizo un gesto negativo con la cabeza.

—Me lo imagino perfectamente.

Mma Makutsi se quitó las gafas y las limpió con la blusa.

—Les decían que dejaran a su esposa. A ellos les parecía buena idea y no crea que se lo pensaban mucho. Imagínese la cantidad de mujeres infelices que aquella situación provocaba, Mma; sabiendo, además, que ya no encontrarían otro hombre, dado el interés de éstos por las jovencitas seductoras y no por las mujeres maduras. Eso lo he presenciado yo, Mma. Le podría dar una lista de nombres. Una lista entera.

—No hace falta —respondió Mma Ramotswe—. Yo también tengo una larga lista de mujeres infelices. Una lista larguísima.

—¿Y cuántos hombres infelices conoce, Mma? —prosiguió Mma Makutsi—. ¿Cuántos conoce que estén solos en casa, sin saber qué hacer desde que su mujer los abandonó por un hombre más joven? ¿Cuántos, Mma?

—Ninguno —sentenció Mma Ramotswe—. Ni uno solo.

—Ahí lo tiene —dijo Mma Makutsi—. A las mujeres se les ha engañado. Nos han engañado, Mma. Y nosotras hemos caído en la trampa como borregos.

Una vez despachados los niños al colegio, Mma Ramotswe metió sus cosas en una pequeña maleta y se puso en camino. Salió de la ciudad dejando atrás fábricas de cerveza y otros edificios más modernos, el nuevo suburbio de viviendas económicas, con sus hileras de casitas de ladrillo ligero, las vías ferroviarias que conducían a Francistown y Bulawayo, y finalmente llegó a la carretera que la llevaría hasta el conflictivo lugar que era su destino. Habían caído las primeras lluvias y el árido paisaje de la sabana empezaba a reverdecer, lo que proporcionaba buen pasto para el ganado y para los itinerantes rebaños de cabras. La mini furgoneta blanca no tenía radio, o no tenía radio que funcionara, pero Mma Ramotswe tenía un buen repertorio de canciones para cantar y eso fue lo que hizo. Con la ventanilla bajada, el aire fresco de la mañana en los pulmones y los pájaros de vivos colores revoloteando al costado de la carretera, fue haciendo camino bajo ese cielo interminable, despejado hasta lo irreal y del azul más claro que pueda haber.

La misión que tenía entre manos le resultaba incómoda, principalmente porque lo que estaba a punto de hacer atentaba contra los principios fundamentales de la hospitalidad. Uno no iba a casa de nadie, como invitado, con falsas pretensiones; y eso es justamente lo que iba a hacer. Es verdad que sus anfitriones eran los padres, pero tampoco ellos sabían el verdadero propósito de su visita. La iban a recibir porque pensaban que había ayudado a su hijo y que éste le debía un favor, cuando en realidad era una espía. Era espía por una buena causa, naturalmente, pero eso no cambiaba la naturaleza de su objetivo, que era infiltrarse en la familia para descubrir un secreto.

Sin embargo, sentada al volante de su mini furgoneta blanca, decidió dejar de lado la dudosa ética de la misión. Era una de esas situaciones que admitían sólidos argumentos a favor y en contra. Y ella había resuelto prestarse a ello porque, a fin de cuentas, era preferible representar una mentira que cerrar los ojos ante la posible pérdida de una vida. Ahora se trataba de ahuyentar las dudas y entregarse de lleno al objetivo. De nada servía atormentarse por una decisión ya tomada y preguntarse una y otra vez si era o no era la adecuada. Además, los escrúpulos de conciencia podían impedirle representar el papel con convicción, lo que podría delatarla; dónde se ha visto que un actor se cuestione el personaje que representa a mitad de función.

Adelantó a un hombre que conducía un carro tirado por una mula y lo saludó con la mano. El hombre retiró la mano de las riendas por un segundo y le devolvió el saludo, lo mismo que sus pasajeros, dos mujeres mayores, otra más joven y un niño. Seguramente se dirigían a alguna tierra de cultivo, pensó Mma Ramotswe; un poco tarde, quizá; tendrían que haber arado antes de las primeras lluvias, pero aún estaban a tiempo de sembrar y recoger maíz y melones y alubias cuando llegara el momento de la cosecha. En el carro había varios sacos que seguramente contendrían semillas y la comida de la familia para todo el tiempo que durase la siembra. Las mujeres harían guisos de avena y, con un poco de suerte, los niños cazarían algo para meter en la olla, con una gallineta salía un guiso exquisito para toda la familia.

Por el espejo retrovisor, Mma Ramotswe vio alejarse el carro y la familia, como si retrocedieran al pasado, cada vez más pequeñitos, todos ellos. Algún día ya nadie haría eso; ya nadie tendría que salir a plantar nada, todo se compraría en las tiendas, como se hacía en la ciudad. Pero qué pérdida para el país, cómo se sacrificaría la amistad, la solidaridad y el amor por la tierra si aquello sucedía. Ella también había salido a sembrar de pequeña, en compañía de sus tías, y allí se quedaba una temporada mientras los niños iban a algún puesto a cuidar del ganado, donde pasarían meses prácticamente aislados, con la única supervisión de algún que otro anciano. A ella le entusiasmaba ir a los cultivos, jamás se aburría. Barrían patios y entretejían mimbre, quitaban maleza de los melonares y se contaban largas historias sobre cosas que no habían sucedido nunca, pero podían suceder; quizá en otra Botswana, o en alguna otra parte.

Y cuando llovía, corrían a refugiarse en las chozas y oían el fragor de los truenos azotando la tierra, y olían los rayos que caían cerca, ese olor punzante del aire quemado. Después amainaba y salían a esperar a las hormigas voladoras, que aprovechaban para emerger de los hoyos que había en la tierra húmeda y podías cogerlas antes de que alzaran el vuelo, o atraparlas cuando iniciaban viaje y comértelas ahí mismo; sabían a mantequilla.

En cuanto pasó Pilane, su mirada se detuvo en la carretera que salía a la derecha, en dirección a Mochudi. Guardaba muy buenos recuerdos del lugar, y también malos. Allí transcurrió su niñez, y eso le gustaba; lo triste era que en aquel mismo lugar, no lejos del desvío, estaba el paso a nivel en el que había muerto su madre, arrollada por el tren, aquella fatídica noche. Y aunque Precious Ramotswe no era más que un bebé, el episodio había ensombrecido su vida; la madre que ya nunca podría recordar.

Se estaba aproximando a su destino. Las instrucciones que le habían dado eran muy precisas y, efectivamente, ahí estaba la cancela y la cerca del ganado, tal y como le habían indicado. Se desvió de la carretera y bajó de la furgoneta para abrir la cancela. Franqueada la entrada, se metió por una pista que salía a la izquierda y se dirigió al grupito de casas que veía a lo lejos, casi ocultas por la sabana y vigiladas por la torre metálica de un molino de viento. Se trataba de una granja de considerable tamaño, pensó Mma Ramotswe, y por un momento se le encogió el corazón. Obed Ramotswe habría sido feliz en un lugar así. Aunque no le había ido mal con el ganado, jamás habría podido comprar una granja de semejantes dimensiones. Habría unas dos mil quinientas hectáreas, si no más.

Una casa grande y laberíntica destacaba sobre las demás. El tejado era de chapa roja y estaba completamente rodeada por una galería que proporcionaba buena sombra. Era sin duda la casa original de la granja, alrededor de la cual fueron construyendo otras dependencias, entre ellas, dos casas más. La casa original estaba flanqueada por dos exuberantes buganvillas de flores violetas, también había papayos en la parte de atrás y en un costado. Se apreciaba a simple vista el esfuerzo realizado para que hubiera la mayor sombra posible, pues no lejos de allí, un poco más allá de donde llega la vista mirando al oeste, comenzaba el Kalahari y el paisaje cambiaba por completo. Pero allí todavía había agua y la tierra era propicia para el ganado. De hecho, a escasa distancia en dirección al este, pasaba el río Limpopo, muy mermado a esa altura, pero de abundante caudal en época de lluvias.

Vio un camión estacionado junto a una de las dependencias y Mma Ramotswe decidió dejar ahí la furgoneta. Había otro lugar más tentador debajo de uno de los árboles más frondosos de la granja, pero habría sido una descortesía por su parte, pues era muy probable que estuviera reservado para alguno de los miembros más veteranos de la familia.

Dejó la maleta en el asiento del acompañante y se encaminó hacia la verja de acceso al jardín delantero de la casa principal. Una vez ahí, dio una voz para anunciar su presencia, pues era de mal gusto irrumpir en la vivienda sin que nadie la invitara a hacerlo. No hubo respuesta, de modo que volvió a intentarlo. Esta vez se abrió la puerta y salió una mujer de mediana edad secándose las manos en el delantal. Saludó a Mma Ramotswe con cortesía y la invitó a pasar.

—Pase, Mma. La están esperando —dijo—. Soy la sirvienta más antigua de la casa. Estoy para cuidar a la señora. La está esperando.

Hacía fresco bajo el techo de la galería, una sensación de frescor que se acentuaba al entrar en la penumbra de la casa. Tardó unos segundos en acostumbrarse al cambio de luz y no veía más que sombras en lugar de objetos; pero pronto divisó la silla de respaldo recto que ocupaba la anciana señora y una mesita en la que había una jarra de agua y una tetera.

Intercambiaron los saludos de rigor y Mma Ramotswe los acompañó con una breve reverencia. Eso le gustó a su anfitriona, que vio en ello la sabiduría de una mujer entendida en las viejas costumbres, no como esas mujeres tan modernas y descaradas de Gaborone que creían saberlo todo y se desentendían de los mayores. ¡Ja! Se creían muy listas, presumían de ser esto y lo otro y lo de más allá, haciendo trabajos de hombre y comportándose como perras en lo que a hombres se refiere. ¡Ja! De poco les servía todo eso aquí en el campo, donde las viejas costumbres aún perduraban, sobre todo en esta casa.

—Muchas gracias por darme alojamiento, Mma. Es muy amable de su parte. Su hijo también es un buen hombre.

La anciana mujer sonrió.

—No, Mma. No es nada. Lamento que ande con problemas. Lo que parecen grandes problemas en la ciudad, aquí no lo son, créame. ¿Qué es lo que importa aquí? Que llueva. Que haya pasto para el ganado. Ninguna de las preocupaciones que tiene la gente de la ciudad. Aquí todo eso es insignificante, ya lo verá.

—Es un lugar muy bonito —comentó Mma Ramotswe—. Hay mucha tranquilidad.

La mujer se quedó pensativa unos instantes.

—Sí, es un lugar tranquilo. Siempre ha sido tranquilo, y ojalá siga así muchos años.

Dicho esto, sirvió un vaso de agua para su invitada y se lo ofreció.

—Beba un poco, Mma. Estará muerta de sed, con el viaje que ha hecho.

Mma Ramotswe cogió el vaso, le dio las gracias y se lo llevó a los labios. Advirtió entonces que la mujer la observaba con detenimiento.

—¿De dónde es usted, Mma? —quiso saber—. ¿Ha vivido siempre en Gaborone?

A Mma Ramotswe no le sorprendió la pregunta. Era una forma educada de situar sus lealtades. En Botswana había ocho tribus importantes, entre otras menores, y aunque los más jóvenes restaran importancia a estas cosas, para las generaciones anteriores era un asunto primordial. Cabía esperar, por tanto, que aquella mujer de distinguido estatus en la sociedad tribal se interesara por sus ancestros.

—Soy de Mochudi —dijo Mma Ramotswe—. Ahí es donde nací.

La anciana mujer se relajó visiblemente.

—¡Ah! De modo que es usted kgatla, como nosotros. ¿Cuál era su distrito?

Mma Ramotswe le explicó sus orígenes y la mujer asintió. Conocía al jefe tribal, sí, y también a su primo, que estaba casado con la hermana de la esposa de su hermano. Sí, recordaba haber visto a Obed Ramotswe hace muchos años. Nada más nombrarlo, hizo memoria y añadió:

—Su madre falleció, si no me equivoco. ¿No fue ella la que murió arrollada por el tren cuando usted no era más que un bebé?

Que estuviera enterada de ello le sorprendió algo más, pero tampoco la dejó estupefacta. Había quien, por voluntad propia, se encargaba de estar al día en los asuntos de la comunidad, y evidentemente aquella mujer era un ejemplo. Hoy en día los llamaban historiadores orales, tenía entendido, cuando en realidad no eran más que mujeres mayores que disfrutaban recordando lo que más les interesaba: matrimonios, muertes y descendencia. Los hombres, en cambio, recordaban el ganado.

La conversación transcurrió por los mismos derroteros, la mujer sonsacándole lenta y sutilmente todos los detalles de su vida. Mma Ramotswe le habló de Note Mokoti y ella hizo un gesto negativo con la cabeza en señal de solidaridad, aunque puntualizó que había muchos hombres así y que las mujeres tenían que andarse con mucho ojo.

—Mi familia eligió el hombre con quien me iba a casar —dijo—. Ellos empezaron las negociaciones, aunque de ningún modo me habrían obligado a casarme con él si yo lo hubiera rechazado. Pero fueron ellos los que eligieron por mí. Sabían qué clase de hombre me convenía. Y no se equivocaron. Mi marido es muy buen esposo, y yo le he dado tres hijos. Lo que más le interesa a uno de ellos es contar el ganado, ésa es su gran afición; pero es muy listo, a su manera. Después está el que usted conoce, Mma, que ocupa un puesto importante en el Gobierno, y por último el que vive aquí. Es muy buen ganadero y ya ha ganado más de un premio con los toros que cría. Son muy buenas personas. Me siento orgullosa de los tres.

—¿Y ha sido usted feliz, Mma? —preguntó Mma Ramotswe—. Si alguien le dijera que tiene un medicamento especial para cambiar de vida, ¿lo tomaría?

—Nunca —respondió la mujer—. Nunca. Nunca. Dios me ha concedido todo lo que una mujer puede desear. Un buen marido. Tres hijos sanos. Unas piernas fuertes que aún me permiten caminar ocho o nueve kilómetros sin dolencias de ningún tipo. Y mire, fíjese bien. Todavía tengo todos los dientes. Setenta y seis años y no se me ha caído un solo diente. Y mi marido igual. A este paso, nos durarán cien años, tal vez más.

—Es muy afortunada —dijo Mma Ramotswe—. Todo le ha salido muy bien.

—Casi todo —puntualizó la mujer.

Mma Ramotswe permaneció a la expectativa. ¿Iba a añadir algo más? A lo mejor le contaba algo que le había visto hacer a su nuera. Tal vez la había visto preparar el veneno, o se había enterado de algún modo, pero lo único que dijo fue:

—Cuando vienen las lluvias me duelen las articulaciones. Es la humedad. Aquí, justo aquí. Me paso dos o tres meses con los brazos tan doloridos que me resulta muy difícil seguir con la costura. He probado todo tipo de medicamentos, pero no me hacen nada. Aunque le diré una cosa, si esto es todo el sufrimiento que Dios me ha enviado, me sigo considerando muy afortunada.

La misma sirvienta que la había recibido en la puerta fue la encargada de acompañar a Mma Ramotswe a su habitación, situada en la parte trasera de la casa. Era una habitación sencilla, con una colcha de retales entretejidos y un cuadro de las colinas de Mochudi en la pared. También había una mesa con un pañito blanco de croché y una cómoda con cajones para meter la ropa.

—No hay cortinas, Mma —comentó la sirvienta—. Pero nadie pasa nunca por delante de esta ventana. Tendrá intimidad, no tema.

Mma Ramotswe se dispuso a deshacer la maleta. El almuerzo era a la una de la tarde, según le explicó la sirvienta, y hasta ese momento podía hacer lo que quisiera.

—Tampoco es que haya mucho que hacer aquí, esto no es Gaborone —señaló la sirvienta, con cierta melancolía.

Cuando estaba por salir de la habitación, Mma Ramotswe decidió prolongar la conversación. Sabía por experiencia que la mejor forma de sacar información era dejar que la persona hable de sí misma. Esta sirvienta tendría sus opiniones, y sus puntos de vista; se veía a la legua que no era ninguna tonta, además hablaba setswana con mucha propiedad.

—¿Quién vive aquí, Mma? —preguntó—. ¿Hay más familiares en la casa?

—Sí —respondió la sirvienta—. Hay más. Uno de los hijos vive aquí, con su mujer. Los señores tienen tres hijos, ¿sabe usted? Uno tiene muy poca cabeza y no hace otra cosa que contar ganado todo el santo día. Se pasa la vida en el puesto ganadero, nunca viene por aquí. Es como un chiquillo, por eso le gusta estar con los otros niños, con los pastores. Lo tratan como uno más, aunque sea un hombre hecho y derecho. Ése es uno de los hijos. Después está el de Gaborone, que es una persona muy importante, y luego el que vive aquí. Son tres, en total.

—¿Y qué piensa de ellos, Mma?

Era una pregunta directa y tal vez prematura, lo que siempre era un riesgo; la mujer podía sospechar de semejante intromisión. Pero no fue el caso; es más, lo que hizo fue sentarse en la cama.

—Le voy a decir algo, Mma —anunció—. El hijo al que me refiero, el que está todo el día con el ganado, es un hombre muy triste. Pero no se imagina cómo habla su madre de él. ¡Dice que es muy listo! ¡Muy listo, dice! ¡Él! Es como si no hubiera crecido, Mma. Él no tiene la culpa, pero ésa es la verdad. Donde mejor puede estar es con el ganado, lógicamente, pero de ahí a decir que es listo hay un abismo. No deberían decirlo porque eso es mentir, Mma. Es como decir que la estación seca trae lluvia. No la trae.

—No —confirmó Mma Ramotswe—. Eso es cierto.

La sirvienta apenas percibió la intervención.

—Y después está el de Gaborone. No quiera saber los líos que arma cuando viene por aquí. Mete las narices en todo. Grita incluso a su propio padre, ¿se lo puede creer?

Claro que entonces la madre le pega cuatro gritos y lo pone en su sitio. Será muy importante en Gaborone, pero aquí no es más que un hijo, y un hijo no debe nunca gritar a sus mayores.

Mma Ramotswe la miraba entusiasmada. Era justamente el tipo de sirvienta que le gustaba a ella interrogar.

—Tiene razón, Mma —sentenció Mma Ramotswe—. Hoy en día hay mucha gente que no hace otra cosa que gritar a los demás. Así se pasan el día entero, venga a gritar. ¿Y por qué cree usted que éste grita tanto? ¿No será para aclararse la garganta?

La sirvienta se echó a reír.

—¡Menudo vozarrón tiene! No, grita porque dice que este lugar no marcha como es debido, que no hacemos las cosas bien. Y encima dice que… —entonces bajó la voz— dice que la mujer de su hermano es mala persona. Así mismo se lo dijo a su padre, con esas palabras. Yo lo oí. La gente se piensa que los sirvientes no oyen nunca nada, pero para algo tenemos oídos, como todo el mundo. Y eso fue lo que oí. No sabe las barbaridades que llegó a decir.

Mma Ramotswe arqueó una ceja.

—¿Barbaridades?

—Dice que se acuesta con otros hombres. Dice que cuando nazca su primer hijo, no será de esta casa. Dice que sus hijos serán de otros hombres, y que entrará sangre ajena en la familia. Eso es lo que dice.

Mma Ramotswe guardó silencio. Se asomó a la ventana y vio la buganvilla que estaba justo al otro lado, proyectando una sombra violeta. Detrás de ella, las copas de los espinos se prolongaban hasta las colinas del horizonte; una tierra solitaria, al borde mismo del desierto.

—¿Y cree usted que es cierto, Mma? ¿Hay algo de verdad en lo que dice de esa mujer?

A la sirvienta se le descompuso el rostro.

—¿Que si es verdad, Mma? ¿Que si es verdad? Ese hombre no sabe lo que significa esa palabra. Es una mujer de gran corazón. Además, es prima de la prima de mi madre. Todos en la familia, todos sin excepción, son cristianos. Leen la Biblia. Siguen las palabras del Señor. No van por ahí acostándose con otros hombres. Ésa es la pura verdad.

Capítulo 13

El juez supremo de la belleza

Mma Makutsi, directora en funciones del taller Speedy Motors de Tlokweng Road y ayudante de la 1ª Agencia de Mujeres Detectives, fue a trabajar aquella mañana con cierta agitación. Aunque aceptaba de buena gana sus responsabilidades y no cabía en sí de gozo por sus dos ascensos, siempre había actuado al amparo de Mma Ramotswe, cuya sola presencia la serenaba en momentos de zozobra. Pero ahora que no estaba, Mma Makutsi era muy consciente de ser la única responsable de dos negocios y dos empleados. Es verdad que Mma Ramotswe no pensaba ausentarse más de cuatro o cinco días, como mucho, pero siempre podían torcerse las cosas durante ese lapso de tiempo y, si así fuera, no podría contactar con ella por teléfono y tendría que hacerse cargo de todo. En lo que respecta al taller, sabía que al señor J.L.B. Matekoni lo estaban cuidando en el orfanato, pero le habían prohibido contactar con él hasta que no empezara a sentirse mejor. Tenía que descansar y olvidarse completamente de todas las preocupaciones por expresa indicación médica, y Mma Potokwani, que no era amiga de contradecir a los médicos, estaría dispuesta a protegerlo con uñas y dientes.

Mma Makutsi tenía la secreta esperanza de que no entrara ningún cliente en la agencia hasta que regresara

Mma Ramotswe. Y no porque no quisiera trabajar en los asuntos de la agencia, todo lo contrario, pero le preocupaba ser la única responsable. Como era de esperar, entró un cliente, y un cliente con un problema que requería su inmediata atención.

Cuando estaba ordenando facturas en el escritorio del señor J.L.B. Matekoni, uno de los aprendices asomó la cabeza por la puerta.

—Ha llegado un tipo muy elegante que quiere verla, Mma —anunció mientras se limpiaba la grasa de las manos en el mono que llevaba—. He abierto la puerta de la agencia y le he dicho que espere.

—¿Muy elegante? —preguntó ella frunciendo el entrecejo.

—Lleva traje y corbata —dijo el aprendiz—. Es un galán, como yo, no sé si tanto. Y le brillan los zapatos. Muy elegante, ya le digo. Tenga cuidado, Mma. A esos hombres les van las mujeres de su estilo, siempre intentan seducirlas. Ya lo verá.

—¡Deje de limpiarse las manos en el mono de trabajo! —espetó Mma Makutsi según se levantaba de la silla—. Cómo se nota que no pagan la lavandería. Para eso están los trapos de algodón. ¿No se lo ha dicho nunca el señor J.L.B. Matekoni?

—Puede que sí —respondió el aprendiz—, y puede que no. Son tantas las cosas que nos dice el jefe que es imposible acordarse de todas.

Mma Makutsi pasó a su lado sin dirigirle la mirada y salió de la oficina. «Estos chicos son un caso perdido», pensó, pero al menos estaban demostrando ser más trabajadores de lo que creía. Tal vez el señor J.L.B. Matekoni había sido demasiado blando con ellos, era tan bueno que le resultaría muy difícil criticar a alguien en exceso. Pero ella no tenía ese problema. Ella era licenciada de la Escuela de Secretariado de Botswana y los profesores de la escuela le habían dicho siempre: «No tenga reparo en criticar —constructivamente, por supuesto— su propio rendimiento y, si es necesario, el de los demás». Y criticar es lo que había hecho, con asombrosos resultados. El taller iba bien, cada día había más trabajo.

Se detuvo unos instantes en la puerta de la agencia, nada más doblar la esquina, y echó un vistazo al coche que había debajo de un árbol, justo detrás de ella. Había que reconocer que aquel hombre —aquel hombre tan elegante, como lo había descrito el aprendiz— conducía un vehículo exclusivo. Recorrió con la mirada su esbelto diseño y advirtió dos antenas, una delante y otra detrás. ¿Para qué querría tantas antenas? Sería imposible oír más de una emisora de radio a la vez, o hacer más de una llamada telefónica mientras conducía. Fuera cual fuera la explicación, lo cierto es que las antenas acentuaban el aire de distinción e importancia que envolvía el coche.

Abrió la puerta con un suave empujón. Sentado en la silla que había frente al escritorio de Mma Ramotswe, con las piernas cruzadas y un porte de relajada elegancia, se encontraba el señor Moemedi Pulani, inmediatamente reconocible para cualquier lector del *Botswana Daily News*, en cuyas columnas salía tantas veces impreso su rostro, apuesto y confiado. Lo primero que pensó Mma Makutsi al verlo fue que el aprendiz no lo había reconocido, cuando hubiera sido su deber, y eso le irritó sobremanera; pero luego reparó en que era aprendiz de mecánico, no de detective, y que tampoco los había visto nunca leyendo la prensa. Ellos leían una revista sudafricana de motociclismo que escudriñaban con verdadero fervor y otra publicación llamada *Fancy Girls* que intentaban esconder siempre que Mma Makutsi los sorprendía enfrascados en ella durante el almuerzo. Era lógico, por tanto, que no supieran nada del señor Pulani, ni de su imperio de moda, ni de su difundido apoyo a las instituciones benéficas de la región.

El señor Pulani se levantó nada más verla y la saludó con educación. Se estrecharon la mano y, a continuación, Mma Makutsi rodeó el escritorio para sentarse en la silla de Mma Ramotswe.

—Me alegro de que haya podido recibirme sin cita previa, Mma Ramotswe —dijo el señor Pulani sacando una pitillera de plata del bolsillo.

—Yo no soy Mma Ramotswe, Rra —aclaró Mma Makutsi, antes de rechazar el cigarrillo que le ofrecía—. Soy la subdirectora de la agencia.

Nada más decirlo, hizo una breve pausa. No era del todo cierto que fuese la subdirectora de la agencia; de hecho, era más bien falso. Pero sí era cierto que la estaba dirigiendo en ausencia de Mma Ramotswe y eso tal vez justificaba la autodesignación.

—Ah —dijo el señor Pulani al tiempo que se daba lumbre con un mechero alargado, chapado en oro—. Quisiera hablar con Mma Ramotswe, por favor.

Mma Makutsi hizo un breve aspaviento al advertir que la nube de humo había cruzado el escritorio y se dirigía hacia ella.

—Lo siento —dijo—. Eso no va a ser posible hasta dentro de unos días. Mma Ramotswe está investigando un asunto muy importante en el exterior.

Volvió a hacer una pausa. La exageración le había salido sin el menor esfuerzo, sin pensarlo siquiera. Sonaba mucho mejor que Mma Ramotswe estuviera en el extranjero; le daba a la agencia un aire internacional, pero no tendría que haberlo dicho.

—Ya veo —señaló el señor Pulani—. De acuerdo, Mma, en ese caso hablaré con usted.

—Lo escucho, Rra.

El señor Pulani se recostó en la silla.

—Es un caso de máxima urgencia. ¿Podrá empezar hoy mismo, Mma?

Mma Makutsi respiró hondo antes de que la nube de humo la envolviera.

—Estamos a su disposición —sentenció—. Espero que comprenda que la urgencia tiene un precio, Rra.

El señor Pulani pasó por alto la advertencia.

—El dinero es lo de menos —dijo—. Aquí lo que está en juego es el futuro del concurso *Miss Belleza e Integridad*, ni más ni menos.

Dicho esto, guardó silencio para observar el efecto de sus palabras. Mma Makutsi lo complació.

—Vaya por Dios. Eso es muy grave, Rra.

El señor Pulani asintió.

—Ya lo creo, Mma. Y sólo tenemos tres días para resolver el caso. Tres días, ni uno más.

—Dígame de qué se trata, Rra. Lo escucho.

—Voy a tener que ponerla en antecedentes, Mma —señaló el señor Pulani—. Se podría decir que esta historia viene de lejos, de muy lejos. Hasta le diría que empezó en el Jardín del Edén, cuando Dios creó a Adán y Eva.

Recordará usted que Eva tentó a Adán con su belleza. Bueno, pues desde entonces las mujeres no han dejado de ser hermosas a los ojos de los hombres, como ocurre hoy en día, por supuesto. Y a los hombres de Botswana les gustan las mujeres guapas. No les quitan los ojos de encima ni cuando son mayores. Tampoco dejan nunca de pensar lo guapa que es esta mujer, o la de más allá, o ésta es más guapa que la otra; en fin, ya sabe.

—Sí, hacen lo mismo con el ganado —agregó Mma Makutsi—. Se pasan la vida diciendo: ésta es una buena vaca, pero no tanto como ésa. Ganado. Mujeres. Para ellos no hay mucha diferencia.

El señor Pulani la miró de reojo.

—Puede ser. Es una manera de decirlo, supongo.

Hizo una breve pausa antes de continuar.

—De cualquier modo, este interés de los hombres por las mujeres guapas es la razón de que los concursos de belleza tengan tan buena acogida aquí en Botswana. Nos gusta buscar a las mujeres más guapas del país y darles títulos y premios. Es un entretenimiento muy importante para los hombres. Y yo soy el que lo ofrece, Mma. Llevo más de quince años seguidos en el mundo de las reinas de la belleza. Digamos que soy la persona más influyente en asuntos de belleza.

—He visto su fotografía en los periódicos, Rra —dijo Mma Makutsi—. También le he visto dar premios.

El señor Pulani hizo un gesto afirmativo con la cabeza.

—Inauguré el concurso *Miss Glamour de Botswana* hace cinco años y ya se ha puesto a la cabeza de todos. La ganadora de nuestro concurso entra directamente en el de *Miss Botswana*, y de ahí pueden pasar a *Miss Universo*.

No sería la primera vez que enviamos a nuestras chicas a Nueva York y a Palm Springs; y no crea, las puntúan muy alto por su belleza. Se dice que son nuestro mejor producto de exportación, después de los diamantes.

—Y del ganado —añadió Miss Makutsi.

—Y del ganado —concedió el señor Pulani—. Sin embargo, hay quien nos ataca por sistema. Escriben a los periódicos diciendo que no podemos alentarlas a vestirse así para desfilar delante de los hombres. Nos dicen que eso es fomentar falsos valores. ¡Bah! ¿Falsos valores? Lo que pasa es que tienen envidia. Envidian la belleza de estas chicas. Saben que jamás podrían presentarse a ninguno de estos concursos. Por eso se pasan la vida renegando y protestando todo lo que pueden, y no sabe cómo se alegran cuando se tuercen las cosas y algo nos sale mal. Se olvidan, por cierto, del dineral que sacamos para causas benéficas. El año pasado, Mma, recaudamos cinco mil pulas para el hospital, veinte mil para paliar los efectos de la sequía, veinte mil pulas, Mma, y cerca de ocho mil para un fondo de becas para enfermeras. Son sumas considerables, Mma. ¿Quiere saber cuánto recaudan ellos, nuestros detractores? Nada de nada.

»Pero tenemos que ir con pies de plomo. Nuestros patrocinadores ponen mucho dinero, pero si nos quitan el apoyo, empiezan los problemas. Cuando algo nos sale mal, nos dicen que no quieren saber nada de nosotros, que lo único que les damos es mala publicidad, que es una vergüenza. Dicen que nos pagan para que les hagamos buena publicidad y no al contrario.

—¿Y les ha salido algo mal?

El señor Pulani tamborileó sobre el escritorio.

—Sí. Han pasado cosas horribles. El año pasado, dos de nuestras reinas de la belleza resultaron ser un desastre de chicas. Una fue arrestada por prostituirse en uno de los grandes hoteles. Eso estuvo muy mal. La otra se dedicó a conseguir favores con engaños de todo tipo, y además utilizó una tarjeta de crédito sin autorización. La gente escribió a los periódicos. Hubo muchas cartas, mucho revuelo. Decían cosas como: «¿Son estas chicas nuestra mejor opción para ser embajadoras de Botswana? ¿Por qué no vamos directamente a la cárcel a elegir alguna de las presas y convertirla en reina de la belleza?». Lo veían muy chistoso, pero no tenía ninguna gracia. Más de una empresa nos advirtió que, si aquello volvía a suceder, nos retiraban el apoyo. Recibí cuatro cartas, y todas decían lo mismo.

»Para compensar, este año decidí que el tema del concurso iba a ser Belleza e Integridad. Les dije a mis asistentes que teníamos que elegir reinas que fueran buenas ciudadanas y que no nos abochornaran bajo ningún concepto. Es la única manera de tener contentos a los patrocinadores.

»De modo que, durante la primera ronda del concurso, las obligué a rellenar un cuestionario que yo mismo elaboré. Había todo tipo de preguntas sobre sus inquietudes y sus valores. Por ejemplo, ¿te gustaría trabajar para alguna obra benéfica? ¿Qué valores debe tener una buena ciudadana de Botswana? ¿Es mejor dar que recibir?

»Todas las chicas rellenaron el cuestionario, y sólo las que demostraron entender lo que implica ser buena ciudadana pasaron a la final. Quedaron cinco candidatas. Hablé con la prensa y les dije que teníamos cinco chicas que habían demostrado ser ciudadanas ejemplares, de conducta intachable. Publicaron un artículo en *Botswana*

Daily News que decía: "Cinco ciudadanas ejemplares compiten por un título de belleza".

»Me alegré mucho porque nuestros detractores tuvieron que morderse la lengua. ¿Qué iban a decir contra unas chicas que aspiraban a ser ciudadanas ejemplares? Me llamaron los patrocinadores para decirme que estaban muy contentos de que se los identificara con los valores de la buena ciudadanía, y que si todo salía bien, podía contar con su apoyo el año que viene. Y las instituciones benéficas me dijeron que estábamos en el buen camino y que nos esperaba un futuro brillante.

El señor Pulani hizo una pausa para mirar a Mma Makutsi y en aquel momento su fina estampa desapareció y la preocupación ensombreció su rostro.

—Pero ayer mismo llegaron las malas noticias. La policía arrestó a una de nuestras cinco candidatas por robar en una tienda. Me enteré por uno de mis empleados, y lo corroboré con un amigo mío que es inspector de policía. La sorprendieron robando en la tienda *Game*. Intentó llevarse una sartén grande camuflándola entre la blusa, pero no se dio cuenta de que el mango sobresalía por debajo y el guardia de la tienda la retuvo antes de salir. Por ahora no ha trascendido a la prensa, y con un poco de suerte no lo hará, al menos hasta que el caso llegue al juzgado de primera instancia.

Mma Makutsi sintió una ternura repentina por el señor Pulani. A pesar de su exhibicionismo, era incuestionable su firme apoyo a las causas benéficas. El mundo de la moda era ostentoso por definición y, probablemente, el señor Pulani no era peor que los demás, con la diferencia de que al menos él hacía todo lo posible por ayudar a los más necesitados. Por otra parte, los concursos de belleza formaban parte de la vida y no iban a dejar de existir por mucho que nos empeñáramos. Si el señor Pulani se había propuesto hacer más aceptable su concurso, merecía su apoyo.

—Lamento lo que me dice, Rra —dijo—. Me figuro lo mal que le habrá sentado la noticia.

—Sí —respondió con amargura—. Y si pensamos que sólo quedan tres días para la final, todavía se pone peor la cosa. Ahora no nos quedan más que cuatro candidatas. ¿Cómo sé yo que no nos van a avergonzar a todos? Esa señorita mintió al rellenar el cuestionario, se inventó que era buena ciudadana. ¿Cómo sabemos que las demás no mienten cuando dicen que quieren apoyar a las causas benéficas? ¿Cómo lo sabemos? Es muy posible que elijamos a una que también haya mentido y que a la larga se dedique a robar o cualquier otra cosa. Y eso sería nuestra mayor vergüenza.

—No es nada fácil —coincidió Mma Makutsi—. Sería absolutamente necesario saber qué hay en el corazón de las cuatro restantes. Si alguna de ellas tiene buen corazón...

—Si alguna de ellas lo tiene, ganará el concurso —dijo el señor Pulani con firmeza—. Eso se puede arreglar.

—¿Y qué dirán los otros jueces? —preguntó Mma Makutsi.

—El juez supremo soy yo —dijo—. Digamos que soy el juez supremo de la belleza. Mi voto es el único que cuenta.

—Entiendo.

—Así es como funciona esto.

El señor Pulani apagó el cigarrillo en la suela del zapato.

—Ya lo ve, Mma. Eso es lo que quiero que haga. Yo le doy el nombre y la dirección de las cuatro candidatas y usted me dice si hay alguna que tenga buen corazón. Si no lo consigue, dígame al menos cuál de todas ellas es la más honrada. Eso también me serviría.

Mma Makutsi se echó a reír.

—¿Cómo voy a saber lo que hay en el corazón de esas chicas en tan poco tiempo? —preguntó—. Tendría que hablar con mucha gente para descubrir una cosa así. Tardaría más de una semana.

El señor Pulani se encogió de hombros.

—Pero no tiene más de una semana, Mma. Tiene tres días para descubrirlo. Usted me dijo que podía ayudarme.

—Sí, pero...

El señor Pulani se llevó la mano al bolsillo y sacó un papel.

—Aquí tengo la lista de las cuatro candidatas. He apuntado la dirección junto al nombre de cada una. Todas viven en Gaborone.

Deslizó la lista hacia Mma Makutsi y después sacó una pequeña cartera de cuero de otro bolsillo. Mma Makutsi observó que dentro había un talonario de cheques. El señor Pulani lo abrió y comenzó a escribir.

—Aquí tiene, Mma. Es un cheque por dos mil pulas, a nombre de la 1ª Agencia de Mujeres Detectives. La fecha está adelantada. Si me da la información que necesito pasado mañana, puede canjearlo en el banco al día siguiente.

Mma Makutsi se quedó mirando el cheque fijamente. Se imaginaba el glorioso momento de decirle a Mma Ramotswe, cuando regresara: «He ganado dos mil pulas para la agencia, Mma, y ya se han cobrado». Sabía que Mma Ramotswe no era codiciosa, pero también sabía que le preocupaba la viabilidad económica de la agencia. Unos honorarios de ese nivel ayudarían, y mucho, a equilibrar la balanza y además sería una forma de recompensar, pensó Mma Makutsi, la confianza que había depositado en ella.

Mma Makutsi guardó el cheque en un cajón. Nada más hacerlo advirtió la expresión de alivio en el rostro de su interlocutor.

—Cuento con usted, Mma —dijo—. Todo lo que me han contado de la 1ª Agencia de Mujeres Detectives ha sido bueno. Espero verlo por mí mismo.

—Yo también lo espero, Rra.

Dicho esto, empezaron a surgirle todo tipo de dudas sobre cómo se las iba a ingeniar para descubrir cuál de todas ellas era honesta. Parecía una misión imposible.

Acompañó al señor Pulani hasta la puerta y allí observó que llevaba zapatos blancos. También reparó en sus grandes gemelos de oro y en su corbata, con ese brillo que tiene la seda natural. A ella no le gustaría tener un hombre así, reflexionó. Tendría que pasarse las horas muertas en el salón de belleza para mantener siempre el aspecto que sin duda esperaba de su consorte. Claro que eso mismo era el sueño de algunas mujeres, por supuesto.

Capítulo 14

Dios decidió que Botswana fuera un lugar seco

La sirvienta le había dicho que el almuerzo era a la una, lo que significaba que aún tenía varias horas por delante. Mma Ramotswe decidió que lo mejor que podía hacer hasta entonces era familiarizarse con el lugar. Le gustaban las granjas —como a casi todos los habitantes de Botswana— porque le recordaban a su niñez y le hacían pensar en los verdaderos valores de su gente. Compartían la tierra con el ganado, y con las aves y demás criaturas que podían verse si uno prestaba la debida atención. Era fácil olvidarse de ello en la ciudad, donde la comida se compraba en las tiendas y el agua salía de los grifos; pero para mucha otra gente, la vida era muy distinta.

Después de su reveladora conversación con la sirvienta, dejó la habitación y salió a dar una vuelta. El sol estaba en su punto más alto y proyectaba sombras cortas. Mirando hacia el este, sobre las lejanas colinas de tonos azules bajo la calima, empezaban a formarse nubes de tormenta. De seguir así, podría llover más tarde, o al menos alguien se beneficiaría de la lluvia junto a la frontera, allá a lo lejos. Parecía que iba a ser un buen año de lluvias, cosa que todo el mundo deseaba. Año de lluvias, estómagos llenos. La sequía, por el contrario, significaba ganado raquítico y malas cosechas. Algunos años atrás, la sequía había hecho estragos y el Gobierno, desazonado, tuvo que dar orden de empezar a sacrificar el ganado. Eso era lo peor que se le podía pedir a la gente, y el sufrimiento había calado muy hondo.

Mma Ramotswe miró a su alrededor. Había un prado no lejos de ahí y los animales se habían apiñado en torno a un abrevadero. Del tanque de hormigón que había en el ruidoso molino de viento salía un caño que llegaba hasta el abrevadero y el sediento ganado. Mma Ramotswe resolvió ir para allá y echar un vistazo al ganado. A fin de cuentas, ella era hija de Obed Ramotswe, cuyo ojo para el ganado había sido uno de los más finos de todo Botswana, a decir de muchos. Ella también sabía reconocer una buena bestia cuando la veía y a veces, cuando iba en su furgoneta y pasaba cerca de algún magnífico ejemplar, pensaba en lo que habría dicho su padre. Buen lomo, quizá, o ésa sí que es una buena vaca, mira qué andares tiene, o ese toro es todo apariencia, no creo que dé muchos terneros.

La granja tendría sin duda un gran número de reses, tal vez cinco o seis mil cabezas. Para la mayor parte de la población, aquello era una riqueza inimaginable; diez o veinte cabezas bastaban para que a uno le diera la sensación de tener al menos algo; ella, por ejemplo, se conformaría con eso. Obed Ramotswe, que había hecho su rebaño a base de comprar y vender con mucho juicio, acabó teniendo dos mil cabezas. Y eso había constituido precisamente su herencia, gracias a la cual pudo comprarse la casa de Zebra Drive. Aún le quedaban algunas reses que no había querido vender. Las cuidaban unos pastores en un puesto ganadero lejano y uno de sus primos iba a verlas de vez en cuando. Eran sesenta cabezas; descendientes todas ellas de los inmensos toros Brahman que con tanto esfuerzo había seleccionado y criado su padre. Pensaba ir a verlas algún día, en el consabido carro de bueyes. Sería un momento muy emotivo porque era un fuerte vínculo con su padre y lo extrañaría mucho, lo sabía de antemano; probablemente lloraría y nadie entendería por qué seguía llorando por su padre después de tantos años.

«Aún quedan lágrimas por derramar», pensó. «Aún tenemos que llorar por esas mañanas en las que salíamos temprano a ver bajar el ganado por las cañadas, o a contemplar cómo alzaban el vuelo las aves aprovechando las corrientes térmicas.»

—¿En qué piensa, Mma?

Mma Ramotswe levantó la mirada. A su lado había un hombre con un látigo en una mano y un maltrecho sombrero en la cabeza.

Mma Ramotswe lo saludó.

—Pensaba en mi difunto padre —dijo—. Habría disfrutado mucho con todas estas vacas. ¿Las cuida usted, Rra? Son magníficos ejemplares.

El hombre sonrió agradecido.

—Las he cuidado desde que nacieron. Son como mis hijos. Tengo doscientos hijos, Mma. Todo ganado.

Mma Ramotswe se echó a reír.

—Debe de ser un hombre muy ocupado, Rra.

El hombre asintió y se sacó del bolsillo un pequeño envoltorio de papel. Le ofreció un trozo de cecina y ella lo aceptó.

—¿Se aloja usted en la casa? —preguntó—. Los señores acostumbran a recibir visitas a menudo. Uno de los hijos, el que vive en Gaborone, suele invitar a sus amigos del Gobierno. Yo los he visto con mis propios ojos. Son amigos suyos.

—Sí, parece que está siempre muy atareado —respondió Mma Ramotswe—. ¿Lo conoce usted mucho?

—Sí —dijo el hombre masticando un trozo de cecina—. Cuando viene por aquí no deja de darnos órdenes. Está siempre preocupado por el ganado, que si esta vaca está enferma, que si la otra está coja, que dónde está esa otra. Así todo el santo día. Pero después se va y todo vuelve a la normalidad.

Mma Ramotswe frunció el entrecejo y le dirigió una mirada cómplice.

—Tiene que ser muy duro para su otro hermano, ¿no?

El hombre la miró con los ojos muy abiertos.

—El hermano se queda mirándolo como un perrito y deja que le grite todo lo que quiera. Es buen ganadero, pero el mayor sigue pensando que el que dirige esta granja es él. Nosotros sabemos que su padre habló con el jefe tribal y acordó que el menor se quedara con casi todo el ganado y el mayor con el dinero. En eso quedaron.

—¿Y al mayor no le gustó?

—No —respondió el hombre—. Me imagino cómo se siente. Pero a él le va muy bien en Gaborone, allí tiene otra vida. El ganadero es el hermano menor. Sabe mucho de esto.

—¿Y qué me dice del otro hermano, el que vive por allí? —preguntó Mma Ramotswe señalando hacia el Kalahari.

El hombre soltó una carcajada.

—No es más que un chiquillo. Es muy triste, la verdad. Tiene la cabeza llena de aire, eso dicen. Es por algo que hizo la madre cuando aún estaba en el vientre. Por eso ocurren estas cosas.

—¿Ah, sí? —exclamó Mma Ramotswe—. ¿Y qué es lo que hizo la madre?

Sabía que en el campo había esa creencia. Los niños discapacitados eran fruto de alguna mala acción cometida por los padres. Si la mujer tenía una aventura con otro hombre, por ejemplo, podía dar a luz a un retrasado mental. Si un hombre repudiaba a su esposa estando embarazada y se iba con otra mujer, también podía tener desastrosas consecuencias para el bebé.

El hombre bajó la voz, aunque Mma Ramotswe no logró entender por qué. ¿Quién podía oírlos, salvo el ganado y los pájaros?

—Hay que cuidarse de ella, Mma —dijo el hombre—. Es un peligro. La anciana mujer. Es muy cruel.

—¿Cruel?

—Obsérvela, Mma —dijo—. Observe su mirada.

La sirvienta llamó a su puerta poco antes de la una para avisarle de que el almuerzo estaba servido.

—Van a comer en la galería de aquel lado —dijo señalando la otra punta de la casa.

Mma Ramotswe le dio las gracias y salió de la habitación. La mesa estaba puesta en la parte más fresca de la casa, protegida por un toldo de malla y una profusión de enredaderas que habían trepado por el sólido entramado de madera. Habían juntado dos mesas a lo largo y las habían cubierto con un mantel almidonado de color blanco. En una punta de la mesa había una serie de platos de comida dispuestos en círculo: calabaza al vapor, harina de maíz, otra fuente con alubias y demás verduras y una sopera grande con un consistente estofado de carne. También había una barra de pan y un platito con mantequilla. Era un buen almuerzo, un alarde que sólo las familias adineradas podían permitirse a diario.

Mma Ramotswe reconoció a la madre, ligeramente separada de la mesa y con una servilleta de guinga en el regazo, pero había más familiares: un niño de unos doce años, una mujer joven que llevaba una falda verde muy elegante y una blusa blanca —la mujer del hermano, supuso Mma Ramotswe— y a su lado un hombre joven vestido con pantalones largos de color caqui y una camisa de manga corta del mismo color. Nada más verla, el hombre se levantó y salió de la mesa para recibirla.

—Aquí viene nuestra invitada —dijo con una sonrisa—. Bienvenida a nuestra casa, Mma.

La madre le hizo un gesto afirmativo con la cabeza.

—Le presento a mi hijo —anunció—. Había salido con el ganado cuando usted llegó esta mañana.

El hombre le presentó a su mujer, que le dirigió una cordial sonrisa.

—Hace mucho calor, Mma —dijo la joven—. Pero parece que va a llover. Usted nos ha traído la lluvia.

Era un cumplido y Mma Ramotswe se sintió agradecida.

—Eso espero —añadió—. La tierra aún tiene sed.

—La tierra siempre tiene sed —coincidió el marido—. Dios decidió que Botswana fuera un lugar seco para animales que no necesitan agua. Así lo dispuso.

Mma Ramotswe se sentó entre la esposa del hermano y la madre. Mientras la esposa servía la comida, el marido sirvió el agua.

—La he visto con el ganado —dijo la madre—. ¿Le gusta el ganado, Mma?

—¿A qué motswana no le gusta el ganado? —respondió Mma Ramotswe.

—No esté tan segura —insistió la anciana mujer—. A lo mejor hay quien no entiende nada de ganado, no lo sé.

Dicho esto, desvió la mirada hacia las grandes ventanas de la galería, desprovistas de cristales, que enmarcaban una vasta extensión de sabana perdiéndose en el horizonte.

—Así que es usted de Mochudi —dijo la mujer joven al tiempo que le pasaba un plato de comida—. Yo también soy de ahí.

—Sí —respondió Mma Ramotswe—, pero hace años que vivo en Gaborone, como tanta gente.

—Como mi hermano —añadió el marido—. Debe de conocerlo mucho, cuando le ha ofrecido pasar aquí unos días.

Se hizo un silencio momentáneo. La madre movió la cabeza para mirar a su hijo y éste desvió la mirada.

—No lo conozco tanto —respondió Mma Ramotswe—. Me invitó a esta casa como favor porque le ofrecí ayuda cuando la necesitó.

—Y a nosotros nos complace. Usted es bienvenida en esta casa —se apresuró a decir la madre—. Ahora es nuestra invitada.

El comentario iba dirigido a su hijo, pero él estaba distraído con su plato y fingió no reparar en lo que había dicho su madre. La esposa, en cambio, cruzó una mirada con Mma Ramotswe durante aquel intercambio, pero la desvió rápidamente.

El almuerzo transcurrió en silencio. La anciana mujer tenía el plato en el regazo y se afanaba en apilar un montoncito de harina de maíz empapado en salsa. Se llevó la mezcla a la boca y la masticó con parsimonia mientras sus ojos legañosos se debatían entre la sabana y el cielo. La esposa del hermano, por su parte, se había servido unas alubias con un poco de calabaza, pero comía con cierta desgana. Mma Ramotswe miró su plato y advirtió que ella y el marido eran los únicos que iban a comer estofado. El niño, que por lo visto era primo de la esposa, tenía delante una gruesa rebanada de pan con sirope de maíz y salsa de carne.

Mma Ramotswe observó la comida que tenía en el plato. Entre una generosa porción de calabaza y un montículo de harina de maíz vio el estofado y hundió el tenedor en él. Era un guiso espeso y viscoso que soltaba un hilillo de una sustancia gelatinosa, como glicerina, cada vez que se llevaba el tenedor a la boca. Pero de sabor era normal, o casi normal. Tenía un cierto regusto que podría describir como metálico, parecido a las pastillas de hierro que le recetaron en cierta ocasión, o tal vez más amargo, como la pepita machacada de un limón.

Miró a la esposa del hermano y ésta sonrió.

—Yo no soy la cocinera —dijo la joven—. Si le gusta la comida, no es porque yo me haya esmerado. De la cocina se encarga Samuel. Lo hace muy bien, es nuestro orgullo. Además ha estudiado cocina. Es chef.

—Eso es tarea de mujeres —añadió el marido—. Por eso no me verá nunca en la cocina. Los hombres estamos para otras cosas.

Lo dijo sin apartar la vista de Mma Ramotswe, y ella percibió el reto.

Tardó unos instantes en responder.

—Eso opina mucha gente, Rra. O al menos, muchos hombres. No estoy tan segura de que lo compartan muchas mujeres.

—Pregúnteselo a mi mujer —dijo el marido tranquilamente, dejando el tenedor en el plato—. Pregúntele si ella lo comparte. Ahí la tiene.

La mujer no lo dudó un segundo.

—Mi esposo tiene razón —sentenció.

—¿Lo ve? —dijo la madre volviéndose hacia Mma Ramotswe—. Ella apoya a su marido. Así son las cosas en el campo. Puede que en la ciudad sea todo muy distinto, pero así son las cosas aquí.

Finalizado el almuerzo, Mma Ramotswe volvió a su habitación y se echó un rato en la cama. El calor no aflojaba, aunque las nubes que se avecinaban por el este eran cada vez más grandes. Estaba claro que iba a llover, quizá más avanzada la tarde. Pronto empezaría a soplar el viento y traería el inconfundible y maravilloso aroma de lluvia, ese olor a polvo y agua que permanecía unos segundos en la nariz y luego se desvanecía dejando una sensación de nostalgia generalizada, a veces durante meses, hasta que de pronto volvía por sorpresa y uno se detenía para comentarle al de al lado, fuera quien fuera: «Huele a lluvia, fíjese bien, va a llover».

Se echó en la cama y paseó la mirada por la madera blanca del techo. No había rastro de polvo, señal inequívoca del buen gobierno de la casa. Era muy frecuente que los techos de las casas estuvieran sembrados de moscas, o que se advirtiera en sus extremos el inconfundible rastro de las termitas. También podía haber arañas inmensas moviéndose por lo que para ellas sería una especie de tundra blanca puesta al revés. Pero el techo de aquella habitación estaba desierto, y la pintura inmaculada.

Mma Ramotswe no salía de su asombro. Lo único que había sacado en claro era que el personal de servicio tenía opiniones diversas, pero todos renegaban del hombre del Gobierno. Al parecer, era un entrometido y mangoneaba a todo el mundo, pero ¿qué tenía eso de raro? Era lógico que el hermano mayor tuviera su propio criterio en los asuntos del ganado y que tratara de imponérselo al hermano menor. También era lógico que la madre viera claras muestras de inteligencia en su hijo discapacitado, y que creyera que la gente de la ciudad había perdido interés por el ganado. Mma Ramotswe reparó en que sabía muy poco de ella. Aquel hombre del ganado le había dicho que era cruel, pero tampoco le había dado ningún argumento que apoyara un juicio semejante. Le dijo que observara sus ojos, cosa que había hecho sin resultado aparente. Lo único que advirtió es que su mirada se perdía en el horizonte mientras los demás comían. ¿Qué podía significar aquello?

Mma Ramotswe se sentó en la cama. Bien pensado, había algo que aprender de aquella actitud. «Cuando una persona desvía la mirada a conciencia y se pierde en la distancia es porque no quiere estar donde está. Y una de las razones más frecuentes de no querer estar en algún lado es que la compañía nos resulte desagradable», reflexionó. Eso no admitía duda. Por tanto, si la madre desviaba la mirada por sistema era porque alguno de los comensales le resultaba desagradable. «No puedo ser yo —pensó Mma Ramotswe—, puesto que no hubo muestras de hostilidad cuando estuvimos charlando por la mañana y tampoco he dado motivo para despertar antipatías por su parte». No creía que el niño le provocara semejante reacción, además la había visto tratarlo con ternura y acariciarle la cabeza en un par de ocasiones durante el almuerzo. Sólo quedaban el hijo y la nuera.

Ninguna madre siente rechazo por su hijo. Podrán avergonzarse de ellos, o enojarse con ellos. Pero no hay madre que rechace a su hijo en el fondo de su alma. Haga lo que haga el hijo, siempre tendrá el perdón de la madre. En suma, a la anciana mujer le desagradaba su nuera, y le desagradaba hasta el punto de querer evadirse cuando estaba en su presencia.

Pasado el inminente entusiasmo provocado por aquella conclusión, Mma Ramotswe volvió a echarse en la cama. Ahora se trataba de entender por qué le desagradaba tanto la nuera, si habría sido por intervención de su otro hijo, el hombre del Gobierno, haciéndole partícipe de sus sospechas. Aunque quizá era más importante saber si la nuera era consciente de la ojeriza que le tenía su suegra. De ser así, tendría motivos para hacer algo al respecto; pero si lo suyo era envenenar —y no tenía pinta de serlo, en eso coincidía con la opinión favorable de la sirvienta— habría intentado envenenarla a ella y no al marido.

A Mma Ramotswe le entró un ligero sopor. No había dormido bien aquella noche y el efecto del viaje, del calor y del pesado almuerzo —pesado y viscoso, con esos hilillos gelatinosos— empezaba a hacer mella. Cerró los ojos, pero no logró quedarse a oscuras. Le parecía que un aura blanca, una luz tenue y persistente, le atravesaba la visión interior como una lanza. La cama oscilaba ligeramente, como mecida por el viento que comenzaba a soplar al otro lado de la frontera, todavía lejos. Trajo consigo el olor a lluvia, y después las gotas cálidas y apremiantes azotando la tierra, perforándola y rebotando en ella como minúsculas lombrices.

Se quedó dormida, pero con un sueño superficial y febril. Cuando se despertó y sintió el fuerte malestar de estómago ya eran casi las cinco de la tarde. La tormenta había pasado, pero seguía lloviendo. Las gotas retumbaban en el tejado de zinc como si de una legión de tambores se tratara. Fue entonces cuando se levantó, no sin dificultad, y puso rumbo a la puerta y al cuarto de baño que había al final del pasillo exterior, tropezando más de una vez por el camino. Una vez allí, vomitó y sintió un alivio inmediato. Cuando logró regresar a su habitación, las peores náuseas habían pasado y pudo analizar la situación. Estaba en la casa de una envenenadora y, lógicamente, la habían envenenado. No había de qué sorprenderse. En realidad, era totalmente previsible.

Capítulo 15

¿Cuál es tu mayor ambición en la vida?

Mma Makutsi no tenía más que tres días. No era mucho tiempo y aún estaba por ver si en tan pocos días iba a poder sacar algo en claro y aconsejar debidamente al señor Pulani respecto a las cuatro finalistas. Se fijó en su minuciosa lista, pero ni los nombres ni la dirección que figuraba debajo le decían nada. Por lo que le habían contado, había quien se jactaba de saber juzgar a la gente por sus nombres; decían que todas las chicas que se llamaran María eran íntegras y hogareñas por necesidad, pero que nunca te fiaras de las Siphos, por ejemplo. La idea era absurda, por supuesto, y mucho menos productiva, si cabe, que la que apuntaba a examinar la forma de la cabeza para saber si una persona era asesina. Mma Ramotswe le leyó en una ocasión un artículo sobre esa teoría y al terminar se rieron las dos a carcajadas. Sin embargo, y a sabiendas de que una persona moderna como ella no debería defender tal cosa, la idea le intrigó y decidió emprender discretamente sus propias investigaciones. El encargado de la biblioteca del British Council, siempre tan dispuesto y eficaz, sacó un libro en cuestión de segundos y se lo puso en las manos. *Teorías del delito* era una obra bastante más académica que la biblia profesional de Mma Ramotswe, *Principios básicos para detectives privados* de Clovis Andersen. Éste último daba consejos muy útiles sobre la manera de proceder con los clientes, pero le faltaba teoría. Para Mma Makutsi, era evidente que Clovis Andersen no era lector de publicaciones especializadas en la materia, como la *Revista de Criminología*, en tanto que el autor de *Teorías del delito* sí que estaba familiarizado con el debate actual sobre los motivos del delito. «La sociedad podía ser culpable —decía el libro—; las malas condiciones de vida y un futuro sombrío podían convertir a los jóvenes en delincuentes, y no nos olvidemos —advertía el autor—, de que quien ha padecido la crueldad ajena *será cruel a su vez*».

Mma Makutsi leyó aquellas palabras con verdadero asombro. Era absolutamente cierto, pensó, pero nunca lo había pensado de esa forma. Los que hacían el mal, lo habían sufrido antes en carne propia, estaba clarísimo. El razonamiento era absolutamente afín a su propia experiencia. Cuando era alumna de tercer grado en la escuela de Bobonong, muchos años atrás, había un niño que no dejaba de meterse con los más pequeños, disfrutaba aterrorizándolos. Ella nunca logró entender por qué lo hacía, pero una tarde pasó delante de su casa justo cuando su padre, borracho, le estaba dando una paliza tremenda. Por más que gritaba el niño intentando zafarse, no logró esquivar los golpes. Al día siguiente, de camino a la escuela, lo vio pegar y empujar a otro más pequeño contra una mata de espinos, con sus púas despiadadas. En aquel momento no supo relacionar causa y efecto dada su corta edad, pero aquellas palabras le habían refrescado la memoria y ahora veía en toda su dimensión la sabiduría que encerraba aquel párrafo de *Teorías del delito*.

Le llevó varias horas de solitaria lectura encontrar lo que buscaba. El apartado de explicaciones biológicas era más corto que el resto, prueba de que el autor se sentía incómodo con esas teorías:

«Pese a su postura liberal respecto a la reforma penitenciaria —decía el texto—, Cesare Lombroso, criminólogo italiano del siglo diecinueve, tenía la firme convicción de que examinando la forma de la cabeza humana podían detectarse indicios de criminalidad. Por este motivo se consagró a la tarea de trazar la fisonomía de posibles criminales, en un torpe intento de identificar rasgos faciales y craneales que delataran algún indicio criminal. Estas curiosas ilustraciones (reproducidas a continuación) son testimonio de un entusiasmo que no viene al caso y que bien pudo aprovecharlo en otras líneas de investigación más productivas».

Mma Makutsi echó un vistazo a las ilustraciones sacadas del libro de Lambroso. Un hombre de aspecto terrorífico, con la frente muy estrecha y ojos exaltados, miraba fijamente al lector. Debajo había una leyenda: «Asesino típico (estilo siciliano)». A continuación figuraba otro hombre de bigotes muy elaborados, ojos entrecerrados y aspecto demacrado. La leyenda decía: «Ladrón típico (estilo napolitano)». Había otros «estilos» de criminales que miraban de frente al lector, todos ellos inequívocamente diabólicos. Mma Makutsi se estremeció. Aquellos hombres eran lo más desagradable que había visto en su vida, y nadie en su sano juicio se fiaría nunca de ellos. ¿Por qué, entonces, había tachado de «torpe intento» la teoría de Lombroso? Además de una clara falta de respeto, aquello era un rotundo error. Lombroso tenía razón. Por supuesto que la fisonomía decía mucho (algo que las mujeres han sabido siempre, no hay más que mirar a los hombres para saber cómo son, pero para eso no hacía falta ser italiana, se podía hacer aquí mismo, en Botswana). Mma Makutsi se quedó de una pieza. Si la teoría era de una lógica tan aplastante, ¿por qué la refutaba el autor del libro sobre criminología? Reflexionó unos instantes y en seguida halló la explicación. ¡Era envidia! Eso debía de ser. Al autor le daba envidia que Lombroso hubiera reparado en ello antes que él y desarrollado una teoría propia. Bien, pues si ése era el caso, no se molestaría en seguir leyendo *Teorías del delito*. Ya sabía algo más sobre esta corriente de pensamiento criminológico y ahora lo único que restaba hacer era aplicarla. Iba a poner en práctica la teoría lombrosana para detectar quién de las cuatro chicas de la lista era de fiar y quién no. Las ilustraciones de Lombroso no habían hecho sino alentarla a confiar en su intuición. Un breve intercambio de pareceres con estas chicas, y quizá una discreta inspección a la estructura craneal, sin detenerse mucho en ello, bastarían para obtener una respuesta satisfactoria. Por otra parte, tendría que bastarle con eso, pues no podía hacer gran cosa en tan poco tiempo y además deseaba a toda costa que el asunto quedara zanjado antes del regreso de Mma Ramotswe.

Cuatro nombres y ninguno de ellos le era familiar. Motlamedi Matluli, Gladys Tlhapi, Makita Phenyonini y Patricia Quatleneni; debajo de los nombres figuraba la edad y la dirección. Con sus diecinueve años, Motlamedi era la más joven y también la más accesible: estudiaba en la universidad. Patricia, de veinticuatro años, era la mayor y seguramente la más difícil de contactar, dada la imprecisa dirección de Tlokweng que figuraba debajo (parcela 2456). Mma Makutsi decidió visitar a Motlamedi en primer lugar, para ello no había más que presentarse en el pabellón de estudiantes del campus y preguntar por ella, lo que no quería decir que la entrevista en sí fuera a resultar sencilla. Bien sabía ella que estas chicas, con plaza en la universidad y un buen trabajo prácticamente asegurado, tenían la mala costumbre de menospreciar a las que no habían tenido tales privilegios, especialmente las que iban a la Escuela de Secretariado de Botswana. Aunque costara creerlo, su propia calificación en los exámenes finales, ese noventa y siete por ciento conseguido con tanto esfuerzo, podía ser objeto de burla por parte de chicas como Motlamedi. Pero hablaría con ella y respondería todo atisbo de condescendencia con la mayor dignidad. No tenía nada de lo que avergonzarse, por algo era directora en funciones de un taller y ayudante de detective. ¿Qué títulos oficiales podía tener esa chica? Ni siquiera era Miss Belleza e Integridad, por más que estuviera en carrera para alzarse con ese galardón en concreto.

Iría a verla. ¿Pero qué le podía decir? No era cuestión de buscar a esa chica y espetarle: «Disculpa, he venido a mirarte la cabeza». Eso daría pie a una respuesta hostil, aun cuando fuera la pura verdad. Entonces tuvo una idea. Podía hacerse pasar por una encuestadora y aprovechar el momento de las respuestas para escudriñar la cabeza y los rasgos faciales de las chicas, en busca de algún signo revelador. Mejor todavía, no tenía por qué ser una de las tantas encuestas comerciales e insignificantes que la gente está acostumbrada a responder, podía ser una encuesta sobre valores morales. Habría determinadas preguntas que, de manera muy sutil, delatarían la postura ética de las finalistas. Era necesario esmerarse en la redacción de las preguntas para que ninguna de ellas sospechara que había gato encerrado, pero finalmente serían tan reveladoras como la luz de un reflector en plena noche. «¿Cuál es tu mayor ambición en la vida?», por ejemplo. O: «¿Qué es mejor, ganar mucho dinero o ayudar a los demás?».

La idea fue tomando cuerpo y Mma Makutsi sonreía entusiasmada ante la profusa aparición de nuevas posibilidades. Se haría pasar por periodista del *Botswana Daily News* y diría que estaba escribiendo un reportaje sobre el concurso. Este tipo de engaños banales podían permitirse, había escrito Clovis Andersen, siempre y cuando el fin justificara los medios. La importancia del fin, en este caso, era incuestionable; nada más y nada menos que la reputación de toda Botswana podía pender de un hilo. La ganadora del concurso *Miss Belleza e Integridad* pasaba a competir por el título de *Miss Botswana*, un cargo tan importante como el de embajador. De hecho, las ganadoras de estos concursos eran una suerte de embajadoras de su país, la gente se formaba una opinión del país acorde a la conducta que demostraran. Si tenía que decir una mentirijilla con tal de impedir que una desalmada se hiciera con el título y manchara el buen nombre de Botswana, bien valía la pena. Clovis Andersen le habría dado el visto bueno con toda seguridad, aunque al autor de *Teorías del delito*, tan dado a sentar cátedra en asuntos éticos de todo tipo, le asaltarían unas dudas que, sin embargo, no venían al caso.

Mma Makutsi se puso a redactar la encuesta. Las preguntas eran sencillas, pero astutas.

1. ¿Qué valores fundamentales puede enseñar África al resto del mundo?
El objetivo de la pregunta era poner en evidencia el conocimiento de las chicas sobre principios morales. La que tuviera conciencia moral respondería algo así: «África puede enseñarle al mundo la esencia del ser humano. África reconoce la humanidad de todas las personas».

Salvado el primer escollo, o mejor dicho, caso de que lograran salvarlo, podrían pasar a la siguiente pregunta, de índole más personal:

2. ¿Cuál es tu mayor ambición en la vida?
Aquí es donde esperaba que cayeran las más desaprensivas. La típica respuesta de las reinas de la belleza a esta pregunta era: «Me gustaría trabajar para una institución benéfica, a poder ser con niños. Mi ambición es dejar un mundo mejor del que yo heredé».

Todo eso estaba muy bien, pero lo habían aprendido en algún manual que tuvieran a mano, un libro de algún autor parecido a Clovis Andersen. *Conducta recomendable para las reinas de la belleza*, quizá, o *Cómo triunfar en el mundo de los concursos de belleza*.

Por el contrario, una chica honesta, reflexionó Mma Makutsi, respondería más o menos así: «Me gustaría trabajar para una institución benéfica, a poder ser con niños. Y si no puede ser con niños, será con personas mayores; no me importa. Pero también quiero conseguir un buen trabajo y ganar mucho dinero».

3. ¿Qué es más importante, la belleza o la integridad?
Era evidente, una vez más, que la respuesta previsible de las concursantes era conceder mayor importancia a la integridad. Probablemente, todas ellas se sentirían en la obligación de responder así, pero también cabía la remota posibilidad de que, en un arranque de sinceridad, alguna dijera que la belleza tenía sus ventajas. Esto era algo que Mma Makutsi había observado en el ambiente de las secretarias. Las guapas conseguían todos los trabajos y el resto tenía que conformarse con lo poco que quedaba, aunque tuvieran un noventa y siete por ciento en la nota final. Tamaña injusticia le dolía en el alma, aunque bien es verdad que en su caso particular el esfuerzo había dado sus frutos. ¿Cuántas compañeras suyas, con mejor figura y todo, podían decir que eran subdirectoras en aquel momento? La respuesta era ninguna, por supuesto. Esas chicas tan guapas se casaban con hombres ricos y vivían cómodamente el resto de su vida, pero jamás podrían decir que habían hecho carrera, a no ser que ir de fiesta en fiesta y vestirse a la última moda se considerase una profesión.

Mma Makutsi pasó a máquina las preguntas de la encuesta. En la oficina no había fotocopiadora, pero con una hoja de papel carbón hizo cuatro copias mecanografiadas con un aparente membrete: *Botswana Daily News — Equipo de redacción*. Miró la hora en su reloj; eran las doce del mediodía y el calor empezaba a resultar molesto. Había llovido días atrás, pero la tierra absorbió el agua a tal velocidad que el suelo seguía pidiendo lluvia a gritos. Si llovía otra vez, cosa muy probable, bajarían las temperaturas y todos volverían a sentirse bien. En los meses de calor había mucha crispación y mucha pelea por nimiedades. La lluvia traía paz a la gente.

Salió de la oficina y cerró la puerta con llave. Los aprendices estaban ocupados con la furgoneta vieja de una mujer que traía verdura desde Lobatse para vender a los supermercados. Una amiga suya le había recomendado el taller porque, según decía, era un buen lugar para llevar el coche, sobre todo siendo mujer.

—Es un taller de mujeres, me parece —le había dicho la amiga—. Ahí sí que saben tratarnos, créame, nos cuidan mucho. No hay mejor sitio para las mujeres que tengan algún percance con el coche.

La buena prensa adquirida en materia de coches de mujeres tenía a los aprendices muy atareados. Lo cierto es que bajo la dirección de Mma Makutsi habían respondido bien al reto, se quedaban trabajando hasta tarde y ponían mucho más cuidado en todo. Ella revisaba el trabajo de vez en cuando e insistía en que le explicaran con pelos y señales todo lo que hacían. A ellos les divertía, además les ayudaba a focalizar las ideas en el problema que tenían delante. La capacidad de diagnóstico, piedra angular del bagaje de todo buen mecánico, había mejorado notablemente y ya no perdían tanto el tiempo hablando de chicas inútilmente.

—Nos gusta tener una mujer de jefe —le dijo el mayor una mañana—. Es un buen aliciente, tener a una mujer observándote todo el día.

—Me alegro mucho —respondió ella—. Cada día trabajan mejor. Puede que un día sean tan famosos como el señor J.L.B. Matekoni. No es una posibilidad descartable.

En aquel momento se acercó a ellos y los vio manipular el filtro del aceite.

—Cuando terminen con eso, quiero que uno de los dos me lleve en coche a la universidad.

—Estamos muy ocupados, Mma —protestó el más joven—. Tenemos otros dos coches para hoy. No podemos estar todo el día de aquí para allá; ni que fuéramos taxistas.

Mma Makutsi dejó escapar un suspiro.

—Está bien, llamaré a un taxi. Es un asunto urgente relacionado con el próximo concurso de belleza. Tengo que ir a hablar con las finalistas.

—Yo la llevo —se apresuró a decir el mayor—. Termino en dos minutos. Lo demás puede hacerlo mi hermano.

—Bien —dijo Mma Makutsi—. Sabía que podía contar con tu caballerosidad.

Aparcaron a la sombra de un árbol del campus, cerca del gran pabellón blanco al que los habían dirigido cuando Mma Makutsi mostró la dirección al hombre de la entrada. Bajo el toldo que protegía la entrada al edificio de tres plantas había un grupo de chicas hablando. Mma Makutsi dejó al aprendiz en la furgoneta y encaminó sus pasos hacia el grupito de la entrada. Una vez ahí, se presentó.

—Estoy buscando a Motlamedi Matluli —dijo—. Me han dicho que vive aquí.

Una de las estudiantes se echó a reír.

—Sí, vive aquí, aunque no por gusto. Ella merecería vivir en un lugar mucho más elegante.

—Como el Hotel Sun —añadió otra, provocando con ello una carcajada general.

Mma Makutsi sonrió.

—¿Tan importante es?

La pregunta dio pie a nuevas carcajadas.

—Eso es lo que ella se cree —respondió una tercera—. Como todos los chicos le van detrás, se cree la dueña de Gaborone. ¡La tiene que ver!

—Me gustaría verla, sí. Por eso he venido —respondió Mma Makutsi, sin más.

—La encontrará delante del espejo —dijo otra estudiante—. Habitación 114, primer piso.

Mma Makutsi dio las gracias a sus confidentes y se dirigió a las escaleras de hormigón que conducían al primer piso. Advirtió que la pared estaba garabateada con una serie de comentarios poco halagüeños sobre una de las chicas. Evidentemente, a algún estudiante le habían dado calabazas y se había desahogado haciendo pintadas en la pared. A Mma Makutsi se le torció el gesto. Estos chicos eran privilegiados —la gente normal y corriente de Botswana no podía ni soñar con este tipo de educación, pagada íntegramente por el Gobierno, hasta el último thebe— pero no tenían mejor cosa que hacer que pintarrajear las paredes. Y qué decir de Motlamedi, consagrada al espejo en cuerpo y alma e interesada en concursos de belleza cuando tendría que estar devanándose los sesos con los estudios. Si ella fuera rectora de la universidad, les diría que tomaran una decisión. O una cosa, o la otra. Podían cultivar el intelecto, o podían cultivar la imagen. Pero no las dos cosas.

Llegó a la habitación 114 y llamó a la puerta con energía. Oyó la radio al otro lado de la puerta e insistió de nuevo, esta vez con más urgencia.

—¡Ya voy! —gritó una voz apremiante desde dentro.

La puerta se abrió y apareció Motlamedi Matluli en el umbral. Lo primero que le sorprendió a Mma Makutsi fueron sus ojos, extraordinariamente grandes. Dominaban el rostro claramente, dándole un aire inocente y tierno, como el rostro de los pequeños lemúridos, esos primates nocturnos que poblaban la sabana.

Motlamedi la miró de arriba abajo.

—¿Sí, Mma? ¿Qué puedo hacer por usted?

Aquello era una verdadera insolencia, y Mma Makutsi se sintió dolida por la ofensa. «Si tuviera la mínima noción de lo que son buenos modales, me habría hecho pasar», se dijo. «Está absorbida por el espejo, tal como vaticinaron sus compañeras, un gran espejo apoyado en el escritorio, con cremas y lociones por todas partes».

—Soy periodista —dijo Mma Makutsi—. Estoy escribiendo un reportaje sobre las finalistas del concurso *Miss Belleza e Integridad*. Me gustaría hacerle unas preguntas.

La actitud de Motlamedi se transformó de inmediato. A la velocidad del rayo, y diciéndole efusivamente que pasara, quitó un montón de ropa de una silla y la invitó a sentarse.

—Nunca tengo la habitación tan desordenada —dijo riéndose y señalando la ropa arrebujada que había aquí y allá—. Es que estoy haciendo orden, ya sabe cómo son estas cosas.

Mma Makutsi asintió. Sin perder un segundo, sacó la encuesta de su maletín y se la pasó a la joven, que la leyó con atención y después sonrió.

—Estas preguntas son muy fáciles —anunció—. Las conozco muy bien.

—Por favor, escriba las respuestas —le pidió Mma Makutsi—. Después me gustaría charlar un poco antes de dejarla de nuevo con sus quehaceres académicos.

El último comentario le salió con naturalidad mientras recorría la habitación con la mirada. Por lo que pudo ver, los libros brillaban por su ausencia.

—Sí —respondió Motlamedi, al tiempo que se afanaba en rellenar la encuesta—. Nosotros, los estudiantes, estamos siempre agobiados con los estudios.

Mientras Motlamedi escribía las respuestas, Mma Makutsi echó un discreto vistazo a su cabeza. Por desgracia, el peinado que se había hecho la finalista ocultaba por completo la forma del cráneo. Ni el mismísimo Lombroso habría sido capaz de decir nada al respecto. En realidad, poco importaba. Todo lo visto hasta ahora, desde su insolencia en el umbral hasta su mirada casi desdeñosa (y disimulada en el momento que Mma Makutsi se declaró periodista), le decía que esta chica sería una mala elección para el título de *Miss Belleza e Integridad*. Malo sería que la acusaran de robo, precisamente, pero había otras maneras de desacreditar el concurso, y con ello el buen nombre del señor Pulani. Lo más probable es que se viera envuelta en algún escándalo con un hombre casado; este tipo de chicas no hacía distingos, era previsible que se interesara por cualquier hombre que facilitara el ascenso de su carrera, tuviera o no tuviera esposa. Bonito ejemplo para la juventud de Botswana, reflexionó Mma Makutsi. La sola idea le producía tal indignación que, sin darse cuenta, negó varias veces con la cabeza en gesto claramente desaprobatorio.

Motlamedi levantó la mirada de la encuesta.

—¿Por qué mueve así la cabeza, Mma? —preguntó—. ¿No estoy contestando bien?

—Sí, está muy bien —dijo atropelladamente—. Escriba la verdad, eso es lo único que importa.

Motlamedi sonrió.

—Yo siempre digo la verdad —señaló Motlamedi—. Desde pequeña. No soporto a los mentirosos.

—¿No, eh?

La joven terminó la encuesta y se la entregó a Mma Makutsi.

—Espero no haberme extendido demasiado —dijo—. Sé que ustedes, los periodistas, tienen mucho que hacer.

Mma Makutsi echó un vistazo a las respuestas.

Pregunta 1: «La historia de África es muy rica, aunque haya mucha gente que no le preste atención. África puede enseñarle al mundo cómo cuidar de los demás. También hay otras cosas que África puede enseñar al mundo».
Pregunta 2: «Mi mayor ambición es trabajar ayudando a los demás. No veo el momento de poder dedicarme exclusivamente a ayudar a los necesitados. Por eso mismo merezco ganar este concurso: soy una persona interesada en ayudar a los demás. No soy una de esas egoístas que andan por ahí».
Pregunta 3: «La integridad es más importante. Una persona íntegra es rica por dentro. Ésa es la verdad. Las chicas que se preocupan tanto por su imagen no son tan felices como las que piensan en los demás antes que en ellas. Yo soy una de estas chicas, por eso lo sé».

Motlamedi no apartó la mirada de Mma Makutsi durante lo que duró la lectura.

—¿Y bien, Mma? ¿No quiere comentar nada?

Mma Makutsi dobló la hoja de papel y se la guardó en el maletín.

—No, gracias —respondió—. Ya me ha dicho lo que necesitaba saber. No hay nada más que preguntar.

Motlamedi parecía nerviosa.

—¿Y no necesita fotografías? —quiso saber—. Si el periódico quisiera enviar algún fotógrafo, yo no tendría problema en posar para él. Voy a estar aquí toda la tarde.

Mma Makutsi se dirigió a la puerta.

—Tal vez —dijo—. Pero no lo sé. Sus respuestas han sido muy contundentes, podré incluirlas en el reportaje. Tengo la sensación de conocerla muy bien.

Motlamedi sintió que era el momento de despedirse con cortesía.

—Me alegro de haberla conocido, Mma —dijo—. Espero volverla a ver. Quizá nos veamos el día del concurso... tal vez entonces pueda traer un fotógrafo.

—Podría ser —respondió Mma Makutsi, ya en la puerta.

Cuando Mma Makutsi salió del pabellón, vio que el aprendiz estaba charlando con un par de chicas. Les contaba algo relacionado con el coche y ellas eran todo oídos. Mma Makutsi no oyó toda la conversación, pero pescó el final: «...al menos ciento treinta kilómetros por hora. Y el motor es muy silencioso. Si hay una pareja en el asiento de atrás y quieren besarse, tendrán que ser muy discretos porque delante se oye todo».

Las dos estudiantes soltaron unas risitas.

—No le hagan caso, señoritas —dijo Mma Makutsi—. Este joven no puede salir con chicas. Está casado y tiene tres hijos. Su esposa se pone hecha una fiera cuando lo ve con otras. Créanme, es una fiera.

Las dos jovencitas retrocedieron unos pasos. Una de ellas lo fulminó con la mirada.

—Eso es mentira —protestó el aprendiz—. No estoy casado.

—Sí, claro, eso es lo que dicen todos —señaló la otra, indignada—. Por aquí vienen muchos a charlar con nosotras, cuando en realidad están pensando en sus mujeres. ¿Qué forma es ésa de comportarse?

—Es lamentable —terció Mma Makutsi, mientras abría la puerta del acompañante y se disponía a entrar en el coche—. Bueno, ya es hora de irnos. Este joven me tiene que llevar a otra parte.

—Tenga cuidado con él, Mma —dijo una de las estudiantes—. Ya sabemos cómo se las gastan estos hombres.

Sin decir palabra, el aprendiz arrancó el coche y se alejó del campus.

—¿Por qué ha dicho eso, Mma? Me ha puesto en ridículo.

Mma Makutsi dio un resoplido de impaciencia.

—Usted solito se ha puesto en ridículo. ¿Por qué no deja de perseguir a las chicas de una vez? ¿Por qué quiere impresionarlas a todas horas?

—Porque así es como me divierto —se defendió el aprendiz—. Me gusta hablar con ellas. Botswana está llena de chicas guapas, pero nadie les habla. Es mi forma de servir a la patria.

Mma Makutsi lo miró con desdén. Si bien era cierto que su rendimiento era mucho mejor y que respondía bien a sus mandatos, había una debilidad crónica en su carácter que podía más que él, un empeño absurdo y constante por deslumbrar a las mujeres. ¿Tenía remedio? Mma Makutsi lo dudaba, pero pensó que tal vez se le iría pasando con la edad, cuando madurase un poco. O no. Nadie cambia tanto. Mma Ramotswe se lo había dicho en una ocasión y a ella se le quedó grabado. La gente no cambia, lo que no quiere decir que vayan a comportarse siempre de la misma forma. Está en nuestras manos descubrir el lado bueno de su carácter y sacarlo a relucir. Cuando eso sucede, hay una ligera sensación de cambio, pero es falsa. Lo que sí es evidente es que a partir de entonces serán mejores personas. Eso es lo que había dicho Mma Ramotswe, o algo parecido. Y si había una persona en todo Botswana a quien había que escuchar con los cinco sentidos, era Mma Ramotswe.

Capítulo 16
El cuento del cocinero

Mma Ramotswe seguía tumbada en la cama, con la mirada fija en el techo blanco. Ya no tenía el estómago tan revuelto y la sensación de mareo había pasado. Pero si cerraba los ojos y al poco tiempo los volvía a abrir, veía una especie de aureola blanca que se posaba en todas partes, un halo de luz que flotaba unos instantes y después se desvanecía. En otras circunstancias, la sensación podía ser hasta placentera, pero en aquel lugar, a merced de una envenenadora, le resultaba más bien alarmante. ¿Qué sustancia producirá tal efecto? Hay venenos que afectan la vista, eso lo sabía bien. De pequeña la enseñaron a distinguir las plantas de la sabana, las que daban sueño, las que se podían cosechar, los árboles cuya corteza servía para poner fin a un embarazo no deseado, las raíces que aliviaban picores y escozores de todo tipo. Pero había otras plantas que producían *muti*, una sustancia muy utilizada por los hechiceros; plantas de aspecto inocente que, sin embargo, podían matarte con sólo tocarlas, o eso decían. Evidentemente, era una de esas plantas lo que la esposa de su anfitrión había deslizado en su plato, o mejor dicho, en toda una fuente de comida de forma indiscriminada, una fuente evitada por la propia envenenadora, como es lógico.

Si una persona era lo bastante cruel como para envenenar a su marido, tampoco tendría reparo en llevarse por delante a quien fuera con tal de lograrlo.

Mma Ramotswe miró el reloj. Eran más de las siete y ya había oscurecido. El atardecer la había sorprendido durmiendo y ya pronto sería la hora de la cena, aunque cenar era lo último que deseaba. Los demás se estarían preguntando dónde estaba, pero iba a decirles que no se encontraba bien y que no podría compartir la mesa con ellos.

Se sentó en la cama y parpadeó un par de veces. La luz blanca seguía presente, pero era cada vez más tenue. Sacó los pies de la cama y movió los dedos para localizar los zapatos y calzarse, confiando en que no se hubiera metido un escorpión durante su descanso. Tenía la costumbre de inspeccionar los zapatos antes de calzarse desde que un día, cuando era pequeña, se puso los zapatos para ir al colegio y sintió el picotazo de un enorme escorpión de color marrón que se había refugiado en uno de ellos durante la noche. Se le hinchó tanto el pie que tuvieron que llevarla al Hospital Holandés, en la falda de la colina. Una de las enfermeras del lugar le puso un vendaje y le dio pastillas para el dolor. Después le dijo que nunca se olvidara de inspeccionar los zapatos antes de ponérselos, y la advertencia quedó por siempre grabada en su memoria.

—Nosotros vivimos aquí arriba —le dijo la enfermera sosteniéndole la mano a la altura del pecho—. Y ellos viven allá abajo. No te olvides nunca.

Con el tiempo le pareció que aquella máxima tenía validez en más de un sentido. No sólo era aplicable a escorpiones o serpientes —en cuyo caso era indiscutible— sino que podía aplicarse con la misma validez a las personas.

Había un submundo habitado por gente normal y corriente, gente que en apariencia respetaba la ley; y sin embargo, vivían en un mundo de egoísmo y desconfianza, un mundo poblado por maquinadores y manipuladores. Era importante vigilar siempre tus zapatos.

Retiró los pies antes de calzarse del todo y se agachó para coger el zapato derecho y sacudirlo contra el suelo. No había nada. Repitió la operación con el izquierdo y de su interior salió una criaturita brillante que hizo unas breves cabriolas en el suelo, como desafiándola, antes de escabullirse a toda velocidad en la oscuridad reinante.

Mma Ramotswe recorrió el pasillo y antes de llegar al final, de donde salía el cuarto de estar, la sirvienta salió por una de las puertas y la saludó.

—En este momento iba a buscarla, Mma —dijo—. La cena está prácticamente lista.

—Gracias, Mma. Me he pasado toda la tarde durmiendo porque no me encontraba bien, pero ya estoy un poco mejor. No creo que pueda comer nada, aunque un té me vendría muy bien. Tengo mucha sed.

La sirvienta se llevó la mano a la boca en gesto de asombro.

—¡Huy! ¡Lo siento mucho, Mma! Todos se han enfermado hoy. La señora lleva toda la tarde vomitando, el hijo y su esposa no han dejado de gritar y de agarrarse el estómago. Hasta el chiquillo ha vomitado, aunque ya está mejor. Seguro que la carne estaba podrida.

Mma Ramotswe la miró fijamente.

—¿Todos?

—Sí. Todos. El hijo de la señora decía a grito pelado que iba a salir a buscar al carnicero que nos vendió la carne. Estaba hecho una furia.

—¿Y la esposa? ¿Qué hacía ella?

La sirvienta bajó la vista. Eran intimidades del estómago humano y le daba vergüenza hablar de ello tan abiertamente.

—No podía retener nada. Intentó tomar agua, yo se la llevé, pero ni por esas. Ahora tiene el estómago vacío y parece que se siente mejor. Llevo toda la tarde haciendo de enfermera con unos y con otros. Hasta me asomé a su cuarto para ver cómo estaba, pero la vi dormir plácidamente. No sabía que usted también se había enfermado.

Mma Ramotswe guardó silencio unos instantes. Aquella información cambiaba la situación por completo. La principal sospechosa, la mujer, se había envenenado; lo mismo que la madre, también sospechosa. De modo que, o hubo un accidente en la distribución del veneno, o ninguna de las dos mujeres tuvo nada que ver en el asunto. De las dos posibilidades, Mma Ramotswe se inclinó por la segunda. Cuando se puso tan mal estaba segura de haber sido envenenada deliberadamente, pero ¿y ahora? Tras una seria reflexión, liberada ya de la oleada de náuseas que la había embargado, le resultaba absurdo pensar que un envenenador fuera a atacar tan rápido, y de una manera tan obvia, ante la llegada de un invitado. Habría levantado sospechas innecesarias y pecado de falta de sutileza. Y los envenenadores, había leído, eran gente de una sutileza extrema.

La sirvienta la miraba con expectación, como creyendo que había llegado el momento de que la invitada tomara las riendas de la casa.

—¿No hay nadie que necesite un médico? —preguntó Mma Ramotswe.

—No. Parece que todos se van encontrando mejor. Pero yo no sé qué hacer, Mma. Me gritan todos a la vez, y yo no puedo hacer nada cuando se ponen a gritar así.

—No —dijo Mma Ramotswe—. Supongo que no debe de ser nada fácil.

Dicho esto, miró a la sirvienta. Me gritan todos a la vez. «He aquí otro motivo», pensó, pero también era absurdo. Esta mujer era honrada. Tenía una expresión franca y sincera y sonreía al hablar. Los secretos dejan sombras en el rostro, y en el suyo no había ninguna.

—Está bien —señaló Mma Ramotswe—. De momento puede ir haciéndome un té y después creo que lo mejor será que se retire a descansar y los deje que se vayan recuperando. Con un poco de suerte, gritarán menos por la mañana.

La sirvienta sonrió agradecida.

—Eso mismo voy a hacer, Mma. Ahora le llevo el té a su dormitorio, así puede dormirse otra vez.

Mma Ramotswe durmió, pero muy mal. Se despertaba a cada rato por las voces que oía, el movimiento de la casa, un portazo, una ventana abriéndose, crujidos de madera aquí y allá; el ruido habitual de una casa vieja por la noche. Poco antes del amanecer, cuando comprendió que no iba a poder dormir, se levantó, se puso la bata y salió de la casa. Un perro que dormitaba en la puerta de atrás se incorporó, todavía atontado por el sueño, y se acercó para olisquearle los pies con recelo; en el tejado había un pájaro de grandes dimensiones que alzó el vuelo con esfuerzo y se perdió en el cielo.

Mma Ramotswe miró a su alrededor. El sol tardaría una media hora más en salir, pero la tenue luz matinal era suficiente para distinguir el sendero, además la claridad se imponía por momentos. Los árboles permanecían ocultos, reducidos a sombras oscuras, pero las ramas y las hojas pronto se verían al detalle, como el revelado de una fotografía. Era el momento del día que más le gustaba, y en aquel lugar solitario, alejado del mundanal ruido, la belleza de su tierra se le presentó en estado puro. Pronto saldría el sol y el mundo se curtiría; pero de momento, sabana, cielo y tierra parecían sutiles y hasta modestos.

Mma Ramotswe respiró hondo. El olor de la sabana, el olor de la tierra y la hierba le llegó al alma, como solía sucederle; y ahora se sumaba el aroma de madera quemada, ese olor acre y maravilloso que corta el aire manso de la mañana, cuando la gente prepara el desayuno y se calienta las manos al fuego. Se dio la vuelta. Había una hoguera cerca, quizá era el fuego matutino que servía para calentar el tanque de agua caliente, o la hoguera de algún vigilante que había pasado la noche al calor de las brasas humeantes.

Dio un rodeo hacia la parte de atrás por un pequeño sendero delimitado por piedras encaladas, una vieja herencia de la administración colonial, que tenía la costumbre de encalar las piedras que demarcaban campamentos y bases militares. Lo habían hecho en todo el territorio africano, y encalaban también la parte inferior de los troncos de los árboles que plantaban en las amplias avenidas. ¿Por qué? Porque estaban en África.

Al doblar la esquina advirtió la presencia de un hombre que estaba de cuclillas delante del viejo tanque protegido por una pared de ladrillo. Aquellos tanques eran frecuentes en las casas antiguas, que no tenían electricidad, y seguían siendo necesarios en un lugar como aquel, donde no había corriente salvo la que brindaba el generador. Era mucho más económico calentar el agua de la casa con uno de estos tanques que usar para ello el generador diésel. De modo que ahí estaba el viejo tanque una vez más, cargándose de leños para suministrar agua caliente y ofrecer baños matinales a los ocupantes de la casa.

Al verla acercarse, el hombre se incorporó sacudiéndose los pantalones. Mma Ramotswe lo saludó a la manera tradicional y él respondió al saludo con cortesía. Era un hombre alto y fornido, tendría poco más de cuarenta años y unos rasgos fuertes y agradables.

—Está haciendo un buen fuego, Rra —observó ella señalando el resplandor que asomaba por la parte delantera del tanque.

—Estos árboles dan muy buena leña —respondió modestamente—. Aquí tenemos muchos. La leña no nos falta nunca.

Mma Ramotswe asintió con la cabeza.

—¿Y usted es quien se encarga del tanque?

El hombre frunció el entrecejo.

—Del tanque y de otras cosas.

—¿Ah, sí?

El tono del comentario la había intrigado. Evidentemente, las «otras cosas» le resultaban poco gratas.

—¿Qué otras cosas, Rra?

—Soy el cocinero —dijo—. Estoy a cargo de la cocina. Yo preparo la comida.

Dicho esto la miró a la defensiva, como esperando una reacción adversa.

—Eso está muy bien —sentenció Mma Ramotswe—. Es muy útil saber cocinar. En Gaborone hay muy buenos cocineros. Los llaman chefs y llevan unos gorros blancos muy curiosos.

El hombre asintió.

—Yo trabajaba en un hotel de Gaborone —dijo—. Era cocinero. No el cocinero principal, sino el ayudante. Pero eso fue hace años.

—¿Cómo vino a parar aquí? —preguntó Mma Ramotswe.

Le parecía sumamente extraño. Es de suponer que los cocineros de Gaborone tienen un sueldo mucho mayor que los que trabajan en las granjas.

El cocinero extendió la pierna y empujó con el pie un leño que se había salido de la caldera.

—A mí nunca me ha gustado cocinar —dijo—. No me gustaba entonces y no me gusta ahora.

—¿Y por qué lo hace, Rra?

—Es una historia muy larga, Mma —dijo con un suspiro—. Me llevaría mucho tiempo explicárselo y tengo que volver a trabajar en cuanto salga el sol. Pero le puedo contar algo ahora, si quiere. Siéntese ahí, Mma, en ese leño. Está bien. Se lo voy a contar, ya que lo pregunta.

»Yo soy de una aldea que está en esa dirección, cerca de aquella colina, pero detrás, a unos quince kilómetros. Nadie la conoce porque no es importante y nunca pasa nada. Los de la aldea son muy tranquilos y nadie les presta atención. Nunca gritan, nunca arman ningún escándalo. Por eso nunca pasa nada.

»Había una escuela en la aldea con un profesor muy sabio. Tenía otros dos profesores que lo ayudaban, pero el principal era él y todos lo escuchábamos más a él que a los otros. Un día me dijo: "Samuel, eres muy listo. Te acuerdas perfectamente del nombre de todas las reses y sabes quién era la madre y el padre de todas ellas. En eso ganas a todos los demás. Un niño así puede ir a Gaborone y conseguir trabajo fácilmente".

»A mí no me sorprendía en absoluto recordar los nombres de las reses porque lo que más me gustaba del mundo era el ganado. Mi sueño era trabajar con ganado, pero en la aldea no había trabajo de ese tipo y tuve que pensar en otra cosa. Yo no creía que fuese tan listo como para ir a Gaborone, pero cuando cumplí dieciséis años, el profesor me dio un poco de dinero que el Gobierno le había dado y lo usé para comprarme un billete de autobús a Gaborone. Mi padre no tenía dinero, pero me dio un reloj que encontró un día al borde de una carretera asfaltada. Era su tesoro más preciado, pero me lo dio y me dijo que al llegar a Gaborone lo vendiera y con el dinero me comprara comida.

»Yo no quería venderlo, pero pasaron los días y cuando el estómago me empezó a doler de hambre, tuve que hacerlo. Me dieron cien pulas porque el reloj era bueno, y me las gasté en comida para estar fuerte.

»Me costó mucho conseguir trabajo, y el dinero que tenía para comer se me iba a terminar tarde o temprano. Al fin me dieron trabajo en un hotel, cargando maletas y abriendo puertas a los clientes. Algunos venían de muy lejos y eran muy ricos. Tenían los bolsillos llenos de dinero. A veces me daban propinas y yo ahorraba el dinero en la oficina de correos. Ojalá tuviera ese dinero ahora.

»Al cabo del tiempo me pasaron a la cocina y me dijeron que mi trabajo consistía en ayudar al chef. Descubrieron que la cocina se me daba bien y me pusieron un uniforme. Estuve diez años cocinando en ese hotel, aunque lo odiaba. Detestaba el calor de las cocinas, y los olores de comida, pero era mi trabajo y tenía que hacerlo. Fue entonces cuando conocí al hermano del hombre que vive en esta granja. Supongo que sabe a quien me refiero, el que vive en Gaborone y es tan importante. Me dijo que podía darme trabajo en esta granja, es más, que podía ayudar al hermano a dirigirla, y yo me puse muy contento. Le comenté que entendía mucho de ganado y que cuidaría muy bien de todo.

»Y por eso vine con mi mujer. Ella es de esta zona y se ilusionó mucho con la idea de volver. Nos dieron una buena casa para vivir y está muy contenta. Sabrá usted, Mma, lo importante que es tener una esposa o un marido satisfecho con la vida. Si no lo están, no habrá paz para nadie. Jamás. Mi suegra también está contenta. Vive con nosotros en la parte trasera de la casa. Se pasa el día cantando de lo contenta que está, ahora que vive con su hija y con sus nietos.

»Yo tenía muchas ganas de trabajar con el ganado, pero en cuanto me vio el hermano que vive aquí, me preguntó qué había hecho y yo le dije que había sido cocinero. Él se alegró mucho y me dijo que yo me encargaría de la cocina a partir de ese momento. Por lo visto, siempre había gente importante de Gaborone en la granja y quería impresionarlos con el buen hacer de un verdadero chef. Yo le dije que no quería ese trabajo, pero me obligó a hacerlo. Habló con mi mujer y ella se puso de su parte. Me dijo que era un lugar maravilloso y que a nadie en su sano juicio se le ocurriría rechazar el trabajo que aquella gente me ofrecía. Mi suegra empezó a protestar. Decía que ya estaba muy mayor y que si nos teníamos que mudar se moriría. Mi esposa me dijo: "¿Quieres matar a mi madre? ¿Es eso lo que pretendes?".

»Por eso tuve que aceptar el trabajo de cocinero, y por eso sigo rodeado de olores de comida cuando preferiría mil veces estar fuera con el ganado. Y por eso no estoy satisfecho con la vida, Mma, aunque mi familia sí que lo está. Es insólito, ¿no le parece?

Terminó el relato y miró a Mma Ramotswe con amargura. Ella le sostuvo la mirada unos instantes y después miró para otro lado. Pensaba a mil por hora, las posibilidades se multiplicaban sin tregua hasta que cristalizaron en una hipótesis, después la examinó y llegó a una conclusión.

Volvió a mirarlo. El hombre se había levantado y estaba cerrando la compuerta del tanque. Dentro del depósito de agua —un viejo bidón de gasolina adaptado para tal fin— oyó hervir el agua. ¿Era mejor hablar, o callar? Si hablaba, corría el riesgo de equivocarse y de que el hombre se ofendiera con cierta violencia. Pero si callaba, perdería una oportunidad de oro. Decidió hablar.

—Hay algo que quería preguntarle, Rra.

—¿Sí?

El hombre levantó la mirada brevemente y después siguió ordenando la leña.

—Ayer le vi echar algo a la comida. Usted no se percató, pero yo lo vi. ¿Por qué lo hizo?

Se quedó petrificado. Estaba a punto de levantar un leño enorme, ya lo tenía agarrado con las dos manos, la espalda flexionada hacia abajo y dispuesta a soportar el peso. Entonces retiró las manos y se incorporó lentamente.

—¿Me vio? —preguntó con hilo de voz apenas perceptible.

Mma Ramotswe tragó saliva.

—Sí, lo vi. Echó algo en la comida. Algo malo.

El hombre la miró a los ojos y Mma Ramotswe observó que se le habían quedado sin brillo. El rostro animado de antes se transformó en una máscara inexpresiva.

—No estará intentando matarlos, ¿no?

El hombre abrió la boca con intención de responder, pero no le salió una sola palabra.

Mma Ramotswe se envalentonó. Había acertado con la decisión y ahora tenía que rematar la faena.

—Sólo quería liberarse de la cocina para siempre, ¿me equivoco? Si la comida sabía mal, dejarían de emplearlo como cocinero y al fin podría hacer el trabajo que tanto le gusta. Era eso, ¿no?

El hombre asintió con la cabeza.

—Eso ha sido una tontería, Rra —dijo Mma Ramotswe—. Podía haber perjudicado seriamente la salud de alguno de ellos.

—Con lo que he usado, no —respondió—. Estaba todo controlado.

Mma Ramotswe hizo un gesto desaprobatorio.

—Eso nunca se sabe.

El cocinero bajó la vista y se miró las manos.

—No soy un asesino —dijo—. No soy esa clase de hombre.

—Tiene mucha suerte de que haya descubierto lo que se proponía —dijo ella—. No lo vi, era mentira, pero usted mismo se ha delatado con el relato.

—¿Y ahora, qué? —preguntó el cocinero—. Se lo contará a todos y llamarán a la policía. Por favor, Mma, recuerde que tengo familia. Si no puedo trabajar para esta gente, me va a resultar muy difícil conseguir otro trabajo. Me estoy haciendo mayor. No puedo...

Mma Ramotswe levantó la mano para interrumpirlo.

—No tema, yo no soy así —sentenció—. Les diré que la comida estaba podrida pero que usted no lo supo ver. Le voy a sugerir al hermano que le dé otro trabajo.

—No le hará caso —dijo el cocinero—. Ya se lo he pedido mil veces.

—Pero yo soy mujer —señaló Mma Ramotswe—. Sé cómo conseguir que los hombres actúen.

El cocinero sonrió.

—Es usted muy amable, Mma.

—Demasiado —dijo ella dándose la vuelta para emprender el camino de regreso a la casa.

El sol empezaba a asomar por el horizonte y los árboles, las colinas y la tierra misma se tiñeron de tonos dorados. Era un lugar hermoso y le habría gustado quedarse unos días más. Pero ya no había nada que hacer allí. Sabía lo que iba a decirle al hombre del Gobierno y pensó que lo mejor sería regresar a Gaborone y decírselo cuanto antes.

Capítulo 17

Una chica excelente

Mma Makutsi no tardó en apreciar que Motlamedi no era la persona indicada para desempeñar el importante cargo de Miss Belleza e Integridad. Pero había otras tres candidatas en la lista y tenía que entrevistarlas a todas para poder emitir un juicio cabal. Además puede que no fueran tan transparentes; era una singularidad que Mma Makutsi estuviera tan segura de alguien tras un primer encuentro, pero en aquella ocasión no le cabía la menor duda de que Motlamedi era, sencillamente, una *chica mala*. El calificativo era preciso, no tenía nada que ver con *mala mujer* o *mala señora*, eran distintas categorías. Una mala mujer era una prostituta; una mala señora era una mujer de más edad y muy manipuladora que generalmente está casada con un hombre mayor y se entromete en la vida de los demás con el fin de lograr sus objetivos, siempre interesados. La expresión *chica mala*, por el contrario, hacía referencia a una persona bastante joven (menor de treinta años, desde luego) cuya meta en la vida es pasárselo bien. Eso era lo fundamental, de hecho. Pasárselo bien. Es más, había una subcategoría de *chicas malas*, las llamadas *juerguistas*. Eran estas las que frecuentaban los bares de alterne, siempre en compañía de hombres llamativos con quien, aparentemente, se lo pasaban en grande.

Los vistosos acompañantes, por su parte, consideraban que ellos no eran más que una mera cana al aire, lo que les daba vía libre para desplegar todo tipo de conductas a cual más egoísta. Pero Mma Makutsi los tenía bien calados.

En el otro extremo del espectro estaban las *chicas buenas*. Estas chicas ponían mucho empeño en todo y eran muy valoradas por sus familias. Visitaban a los ancianos, cuidaban de los más pequeños, se pasaban las horas muertas debajo de un árbol viéndolos jugar y, a su debido tiempo, estudiaban enfermería o, como Mma Makutsi, se matriculaban en la Escuela de Secretariado de Botswana. Lamentablemente, estas chicas, que cargaban medio mundo sobre sus espaldas, no se divertían tanto.

No había duda de que Motlamedi no pertenecía a esta especie, pero ¿había razones para suponer que las otras fueran a ser mucho mejores? se preguntó Mma Makutsi con desánimo. El problema de base era que las buenas chicas no solían presentarse a ningún concurso de belleza, eso para empezar. Por lo general, no era el tipo de actividad que se les ocurría hacer. Y si su pesimismo resultaba justificado, ¿qué le iba a decir al señor Pulani cuando volviera a la agencia para recibir el informe? De poco le serviría oír que eran todas igual de malas, que ninguna merecía el título. Eso sería particularmente grave puesto que no ayudaría a nadie, y además sospechaba que con semejante información sería difícil cobrarle los honorarios.

Sentada en el coche con el aprendiz al volante, Mma Makutsi volvió a revisar la lista con desesperación.

—¿Y ahora, dónde vamos? —preguntó el aprendiz.

Lo dijo malhumorado, pero no en exceso; sabía que, a fin de cuentas, seguía siendo la directora en funciones, y tanto él como su colega guardaban un sano respeto por aquella mujer excepcional que había llegado al taller y revolucionado sus prácticas laborales.

Mma Makutsi dejó escapar un suspiro.

—Tengo que ver a otras tres chicas más —dijo—. No sé a cuál de ellas ir a ver primero.

El aprendiz se echó a reír.

—Yo sé mucho de chicas, le puedo ayudar.

—¡Siempre con lo mismo! —exclamó, fulminándolo con la mirada—. Eso es lo único que hay en su cabeza, ¿no?, igual que ese gandul con el que trabaja. Chicas, chicas, chicas...

Mma Makutsi tuvo un pálpito y se calló de inmediato. Es cierto, el aprendiz era experto en chicas, como todo el mundo sabía, y Gaborone no era tan grande. La probabilidad de que supiera algo de ellas era alta, o muy alta. Si eran malas chicas, como sería el caso, concretamente de la modalidad juerguistas, las tenía que conocer de los bares. Mma Makutsi le hizo un gesto para que detuviera el coche al borde de la carretera.

—Pare, pare aquí mismo. Quiero enseñarle la lista.

El aprendiz obedeció y revisó la lista. Al terminar de leerla, miró a Mma Makutsi con una sonrisa de oreja a oreja.

—¡Esta lista es una maravilla! —exclamó con entusiasmo—. Son las mejores chicas de toda la ciudad. Al menos tres de ellas, se lo aseguro. Ésas sí que son chicas en serio, ya me entiende, de lo mejorcito que hay. De las que nos gustan a nosotros, lo sabré yo. ¡Nos apasionan!

A Mma Makutsi le dio un vuelco el corazón. La intuición no le había fallado. El aprendiz tenía la respuesta a su pregunta y ahora lo único que restaba hacer era sonsacarle la información.

—¿Y quiénes son esas tres que conoce? —preguntó.

—Esta de aquí, la que se llama Makita —rió el aprendiz—. A ésta la conozco yo. Le gusta la juerga, créame, se ríe por todo; sobre todo cuando le haces cosquillas. Después está Gladys. ¡Gladys! ¡Guau! ¡Despampanante! Y también conozco a esta otra, Motlamedi, aunque mi hermano la conoce más. Dice que es muy lista y que estudia en la universidad, pero que los libros no le entusiasman. Mucho cerebro, pero también un trasero de tomo y lomo. Le interesa más el glamour.

Mma Makutsi asintió.

—Acabo de hablar con ella —dijo—. Su hermano tiene razón. ¿Y qué me puede decir de la cuarta candidata, Patricia, la que vive en Tlokweng? ¿No la conoce de nada?

El aprendiz negó con la cabeza.

—Esa chica es desconocida aquí —dijo—, pero seguro que también es maravillosa —añadió a toda prisa—. Nunca se sabe.

Mma Makutsi le arrebató la lista y se la guardó en el bolsillo de su vestido.

—Vamos a Tlokweng —sentenció—. Necesito ver a esta Patricia.

Viajaron en silencio. El aprendiz parecía absorto en sus pensamientos —probablemente dirigidos a las chicas de la lista— y Mma Makutsi pensaba en el aprendiz. Era harto injusto, aunque absolutamente previsible —dada la manifiesta injusticia de las relaciones entre los sexos— que no hubiera un término equivalente al de juerguistas que pudiera aplicarse con la misma intención a esa clase de chicos, como aquel ridículo aprendiz. Eran a todas luces igual de malos, si no peores, que las famosas *juerguistas*, sólo que nadie censuraba su conducta. Nadie hablaba de *chicos malos*, por ejemplo, y nadie describiría a un niño mayor de doce años como un *chico malo*. Una vez más, la sociedad esperaba mejor conducta por parte de las mujeres y éstas eran inevitablemente criticadas por hacer lo que los hombres estaban autorizados a hacer con total impunidad. Eso era muy injusto, siempre lo había sido y siempre lo sería. Los hombres se las ingeniarán siempre para escurrir el bulto de un modo u otro, aunque se los neutralice con una constitución escrita. No faltará el juez que descubra que la constitución dice en realidad otra cosa muy distinta a la que consta en la página y la interprete a favor de los hombres. «Todas las personas, hombres y mujeres, tienen igualdad de derechos en el trabajo» pasaba a ser: «La mujeres pueden acceder a ciertos puestos, pero no pueden hacer determinados trabajos (por su propia protección) puesto que, en definitiva, los hombres los hacen mejor».

¿Por qué se comportaban así los hombres? Eso siempre había sido un misterio para Mma Makutsi, aunque últimamente empezaba a vislumbrar lo que podía ser el principio de una explicación. Pensaba que aquella conducta podía estar relacionada con el trato que habían recibido de sus madres desde pequeños. Si las madres les permitían creerse tan especiales, y todas las madres lo hacían, que supiera ella, los niños afianzaban su carácter y comenzaban a manifestar actitudes que ya nunca abandonarían. Si les dejaban creer que las mujeres estaban para cuidarlos, seguirían pensando lo mismo de mayores, cosa que hacían siempre. Mma Makutsi había visto tantísimos ejemplos a su alrededor que no creía que nadie pudiera rebatir la teoría con un mínimo de rigor. Ahí estaba el aprendiz, sin ir más lejos. En una ocasión vio a su madre en el taller. Le había traído un melón entero y ella vio con sus propios ojos cómo se lo cortaba y se lo daba como si fuera un niño pequeño. Esa madre no tenía por qué hacer esas cosas; lo conveniente sería alentarlo a que se comprara él los melones que quisiera y se los cortara él mismo. Por eso eran tan inmaduros a la hora de tratar a las chicas. No eran más que juguetes, tajadas de melón; eternas sustitutas de sus madres.

Llegaron a la parcela 2456, a la verja de una casita de adobe con su corral para las gallinas y, cosa poco habitual, dos tradicionales graneros en la parte de atrás. En ellos guardarían el alimento de las gallinas, pensó Mma Makutsi; todas las mañanas esparcirían sorgo en el patio impecablemente barrido para que picoteen las hambrientas aves nada más salir del gallinero. Saltaba a la vista que allí vivía una mujer mayor, pues sólo una mujer mayor se molestaría en cuidar el patio de ese modo tan tradicional y con tanto esmero. A lo mejor era la abuela de Patricia, una de las muchas mujeres excepcionales de África que seguían trabajando de sol a sol, aún con ochenta años o más, y que eran el verdadero motor de la familia.

El aprendiz aparcó el coche mientras Mma Makutsi se adentraba en el sendero que conducía a la puerta de la casa. Había dado una voz anunciando su llegada, como dicta la buena educación, pero pensó que no la habían oído; al poco tiempo apareció en la entrada una mujer limpiándose las manos con un trapo que la saludó amablemente.

Mma Makutsi le puso al tanto de su misión. No le dijo que era periodista, como había hecho con Motlamedi; le parecía de mal gusto hacerlo en aquella casa tradicional, mentir a aquella mujer que decía ser la madre de Patricia.

—Quiero conocer un poco más de cerca a las finalistas del concurso —dijo—. Me han pedido que hable con ellas.

La mujer asintió con la cabeza.

—Podemos sentarnos aquí en la entrada —respondió la mujer—. A la sombra. Ahora mismo llamo a mi hija. Ésa es su habitación.

Señaló una puerta que había en un lateral de la casa. La pintura que debió de recubrirla en tiempos se estaba descascarillando y las bisagras parecían oxidadas. Aunque el patio estaba bien cuidado, la casa en sí necesitaba más de un arreglo. Era evidente que no nadaban en la abundancia y Mma Makutsi consideró por un instante lo que significaría, dadas las circunstancias, el premio en metálico de la futura Miss Belleza e Integridad, que consistía en cuatro mil pulas y un vale para comprar ropa en una tienda de moda. No parecía que fueran a malgastarlo, pensó al ver el borde deshilachado de la falda de la mujer.

Mma Makutsi se sentó y aceptó el vaso de agua que le ofreció la mujer.

—Qué calor hace hoy —comentó la madre de Patricia—. Pero no falta mucho para que llueva, ya lo verá.

—Sí, tiene que llover —coincidió Mma Makutsi—. Necesitamos que llueva.

—Y que lo diga, Mma —respondió la mujer—. Este país lo necesita siempre.

—Tiene razón, Mma. Ojalá llueva.

Se quedaron en silencio unos instantes, pensando en la lluvia. Cuando no llovía se pensaba en ello casi sin atreverse a mencionar la llegada del milagro. Y cuando al fin llegaba, la duda era cuánto iba a durar. «Dios está llorando. Dios llora por este país. Vean sus lágrimas. Las gotas de lluvia son las lágrimas de Dios.» Eso es lo que había dicho una vez la maestra de Bobonong, y a Mma Makutsi no se le había olvidado.

—Aquí está mi hija.

Mma Makutsi alzó la mirada. Patricia había aparecido sigilosamente, y en aquel momento la tenía delante. Sonrió a la joven y ésta bajó los ojos y le hizo una brevísima reverencia. «¡No soy tan mayor!», pensó Mma Makutsi, aunque el gesto la conmovió.

—Siéntate con nosotras —dijo su madre—. Esta mujer quiere hablar contigo sobre el concurso de belleza.

Patricia asintió.

—Estoy muy ilusionada, Mma. Sé que no voy a ganar, pero es muy emocionante.

«Yo no estaría tan segura», pensó Mma Makutsi para sus adentros.

—Su tía le ha hecho un vestido muy bonito para la ocasión —dijo la madre—. Se ha gastado un dineral porque la tela es de muy buena calidad. Es un vestido formidable.

—Pero las otras chicas serán más guapas —dijo Patricia—. Y además son muy listas. Todas viven en Gaborone. Hay una que va a la universidad y todo. Ésa sí que es inteligente.

«Y mala», pensó Mma Makutsi.

—No puedes ir pensando que vas a perder —interpuso la madre—. Ésa no es manera de presentarse a ningún concurso. Si crees que vas a perder, nunca ganarás. ¿Te imaginas que Seretse Khama hubiera dicho: «Jamás lograremos nada»? ¿Qué habría sido de Botswana? ¿Cómo estaríamos ahora?

Mma Makutsi coincidía plenamente y asentía con la cabeza.

—Así jamás se consigue nada —señaló—. Lo que hay que pensar es: puedo ganar. Si cree en ello, puede que lo consiga. Nunca se sabe.

Patricia sonrió.

—Tiene razón. Tengo que ser más decidida. Haré lo que esté en mi mano.

—Eso está mejor —dijo Mma Makutsi—. Cuénteme, Patricia, ¿cuál es su ambición en la vida?

Se hizo un repentino silencio. La madre de Patricia y Mma Makutsi la miraban con expectación.

—Me gustaría matricularme en la Escuela de Secretariado de Botswana —respondió Patricia.

Mma Makutsi le miró a los ojos sin pestañear. No mentía. Aquella chica era maravillosa, y además sincera; una de las mejores chicas de todo Botswana, no le cabía la menor duda.

—Eso está muy bien —dijo Mma Makutsi—. Yo me licencié en esa misma Escuela.

Hizo una pausa momentánea, antes de decidirse a añadir:

—De hecho, me licencié con un noventa y siete por ciento en los exámenes finales.

Patricia contuvo el aliento.

—¡Un noventa y siete por ciento! Eso es un promedio altísimo. Enhorabuena, Mma, me imagino lo inteligente que será.

Mma Makutsi se echó a reír restándole importancia.

—No, no. Lo que pasa es que me esforcé mucho. Eso es todo.

—Pero está muy bien —insistió Patricia—. Tiene mucha suerte, Mma. Además de guapa, es muy inteligente.

Mma Makutsi no tenía palabras. Jamás le habían llamado guapa, y menos una persona desconocida. Sus tías le habían sugerido distintas formas de cuidar su aspecto y su madre había hecho un comentario parecido; pero nadie le había llamado guapa, salvo aquella joven que, con sus veinticuatro años, sí que era una auténtica belleza.

—Gracias por la amabilidad —acertó a decir.

—Es muy buena chica —dijo la madre—. Siempre lo ha sido.

Mma Makutsi sonrió.

—Bien —dijo—. ¿Quieren que les diga una cosa? Creo que tiene muchas probabilidades de ganar ese concurso. Es más, estoy convencida de que lo va a ganar. Acuérdense de lo que les digo.

Capítulo 18

Un primer paso

Después de la conversación con el cocinero, Mma Ramotswe regresó a Gaborone. Pero antes hubo más conversaciones —una de ellas muy prolongada— con los miembros de la familia. Habló con la esposa del hermano, que la escuchó con gravedad y agachó la cabeza. Habló con la madre, que al principio se mostró orgullosa e inflexible pero terminó admitiendo el buen juicio de Mma Ramotswe y finalmente coincidió con ella en todo. Y por último habló con el hermano, que la miró boquiabierto pero decidió seguir el ejemplo de su madre, cuya brusca irrupción en la conversación sirvió para recordarle con aspereza cuál era su deber. Cuando todo terminó, tuvo la sensación de haberse vaciado; les había hablado lisa y llanamente, arriesgándose, es cierto, pero su intuición no le había fallado y la estrategia resultó un éxito. Sólo le quedaba hablar con una persona, pero esa persona estaba en Gaborone y Mma Ramotswe sospechaba que no iba a ser nada fácil.

El viaje de vuelta fue agradable. Ya se apreciaba el efecto de la lluvia del día anterior, ese ligero matiz verde que teñía sutilmente la sabana. Había charcos aquí y allá que reflejaban el cielo en retazos de azul plateado. Y el polvo se había asentado, tal vez lo más refrescante de todo; ese polvo tan fino y omnipresente que al final de la estación seca se colaba por todas las rendijas y, además de obstruirlo todo, dejaba la ropa acartonada e incómoda.

Mma Ramotswe fue directamente a Zebra Drive, donde los niños la recibieron con entusiasmo. El pequeño se puso a corretear alrededor de la mini furgoneta blanca con alaridos de emoción y la hermana acudió en silla de ruedas hasta la entrada para recibirla. Rose, a cargo de los niños durante su breve ausencia, miraba la escena desde la ventana de la cocina.

Mientras los niños le contaban todo lo que había pasado en el colegio, Rose preparó un té. Una compañera había ganado un concurso y le dieron un vale de cincuenta pulas para comprar libros. Uno de los profesores se había roto un hueso y al día siguiente apareció con el brazo en cabestrillo. Una alumna de los primeros cursos se había comido todo el tubo de pasta de dientes y, lógicamente, se había puesto muy enferma. ¿En qué estaría pensando?

Pero también hubo otras noticias. Mma Makutsi había telefoneado desde la oficina diciendo que Mma Ramotswe la llamara en cuanto volviera, cosa que quedaría para el día siguiente, pensó Mma Ramotswe.

—Estaba entusiasmada, Mma —dijo Rose—. Me dijo que era por un asunto muy importante y que quería contárselo personalmente.

Con el humeante té rooibos en la mesa, Mma Ramotswe marcó el número del taller Speedy Motors de Tlokweng Road, el que compartían las dos oficinas. El teléfono sonó varias veces antes de oír la voz familiar de Mma Makutsi.

—Primera Agencia de Tlokweng Road ... —empezó a decir—. No, perdón. Primera Agencia de Speedy Motors...

—Soy yo, Mma —dijo Mma Ramotswe—. Y sé muy bien lo que intenta decir, no se preocupe.

—Siempre me lío con las dos oficinas —respondió Mma Makutsi riéndose—. Eso es lo que pasa por llevar dos negocios a la vez.

—Estoy segura de que lo habrá hecho muy bien —comentó Mma Ramotswe.

—Sí, Mma —dijo Mma Makutsi—. Justamente la llamé porque quería decirle que tengo en mi poder un cheque por una cuantiosa suma. Dos mil pulas por resolver un caso. El cliente se ha ido muy satisfecho.

—Eso está muy bien, la felicito —respondió Mma Ramotswe—. En un rato voy para allá y me cuenta sobre el terreno lo bien que ha ido todo. Pero primero le quería pedir que llame al hombre del Gobierno y le diga que venga a verme a las cuatro de la tarde.

—¿Y si está ocupado?

—Dígale que se desocupe. Dígale que es un asunto primordial y que no puede esperar.

Mma Ramotswe apuró el té y se comió el sándwich de carne que le preparó Rose. Había perdido la costumbre de comer platos cocinados a la hora del almuerzo, salvo los fines de semana; le bastaba con algo ligero y un vaso de leche. Sin embargo, era golosa y casi nunca perdonaba un donuts o un pastel después del sándwich. A fin de cuentas, ella era de complexión tradicional y no tenía que preocuparse por las tallas de los vestidos, a diferencia de esas pobres neuróticas que no hacían más que mirarse al espejo y pensar que estaban demasiado gordas. Y además, ¿qué es eso de gordas? ¿Quién podía decirle a nadie la talla que tenía que usar? Era una especie de dictadura, ejercida por los flacos, y ella no estaba dispuesta a tolerarlo bajo ningún concepto. Si las flacas seguían insistiendo, las otras, las de tallas más generosas, no iban a tener más remedio que aplastarlas para ponerlas en su sitio. ¡Ja! ¡Así aprenderán a estar calladitas!

Llegó a la oficina poco antes de las tres. Los aprendices estaban trabajando en uno de los coches, pero la saludaron afectuosamente, sin rastro visible del resentimiento que tanto la había enfurecido en el pasado.

—Veo que están muy ocupados —dijo—. Ese coche parece muy elegante.

El mayor de los dos se acercó y se secó la boca con la manga del mono de trabajo antes de hablar.

—Sí, es sensacional. De una mujer, por cierto. ¿Sabe que ahora nos traen el coche todas las mujeres? Como sigamos así, vamos a tener que contratar a unos aprendices para nosotros. ¿Se imagina? ¡Ésa sí que es buena! Nosotros adentro, con escritorios y oficinas, y los aprendices aquí afuera haciendo lo que nosotros les digamos.

—Es usted muy chistoso, joven —dijo Mma Ramotswe con una sonrisa en los labios—. Pero no se dé tantos humos porque, que sepamos, sigue siendo aprendiz, y la mujer de ahí adentro es quien manda aquí ahora.

El aprendiz se echó a reír.

—Es una buena jefa. Nos llevamos muy bien.

Dicho esto, hizo una breve pausa y la miró fijamente.

—¿Cómo está el señor J.L.B. Matekoni? ¿Se encuentra mejor?

—Es demasiado pronto para saberlo —respondió Mma Ramotswe—. El doctor Moffat dijo que hasta dentro de dos o tres semanas no se verá el efecto de las pastillas. Tenemos que esperar unos días y ver qué pasa.

—¿Lo están cuidando bien?

Mma Ramotswe asintió. El hecho de que le hubiera hecho esa pregunta era un buen síntoma. Indicaba que empezaba a mostrar cierto interés por el bienestar ajeno. A lo mejor estaba empezando a madurar. Tal vez era obra de Mma Makutsi, que además de enseñarles las virtudes del esfuerzo, también los aleccionaba en cuestiones de moralidad.

Entró en la oficina y vio a Mma Makutsi en el teléfono. Ésta terminó la conversación rápidamente y se levantó para saludarla.

—Aquí lo tiene —dijo Mma Makutsi entregándole un trozo de papel.

Mma Ramotswe miró el cheque. Por lo que leía, en el Standard Bank había dos mil pulas a nombre de la 1ª Agencia de Mujeres Detectives. Y en la parte inferior del cheque, un nombre muy famoso que le hizo contener el aliento.

—¿Es el de los concursos de belleza...?

—El mismo —confirmó Mma Makutsi—. El cliente era él.

Mma Ramotswe se guardó el cheque en el escote. No tenía nada en contra de las prácticas empresariales modernas, pero a la hora de poner a buen recaudo el dinero contante y sonante, había lugares difíciles de superar.

—Ha debido de trabajar a marchas forzadas —dijo Mma Ramotswe—. ¿Qué problema tenía? ¿Algún lío de faldas?

—No —respondió Mma Makutsi—. Se trataba de elegir, entre las finalistas del concurso, una que además de guapa fuera honesta.

—Qué interesante —señaló Mma Ramotswe—. Y evidentemente, la encontró.

—Sí —dijo Mma Makutsi—. Encontré a la ganadora indiscutible del concurso.

Mma Ramotswe no acababa de entenderlo bien, pero no había tiempo para entrar en detalles porque tenía que prepararse para la cita de las cuatro. Durante la hora que siguió, despachó la correspondencia, ayudó a Mma Makutsi con los trámites del taller y se tomó una taza de té rooibos. Cuando el gran vehículo negro estacionó en la puerta de la agencia anunciando la llegada del hombre del Gobierno, todo estaba dispuesto y ordenado en la oficina. Mma Makutsi, sentada con toda formalidad detrás de su escritorio, fingía escribir una carta a máquina.

—¡Aquí estoy! —exclamó el hombre del Gobierno al tiempo que se reclinaba en el asiento y entrelazaba las manos sobre el estómago—. Veo que no se quedó mucho tiempo en la granja. Supongo que será porque logró sorprender a la envenenadora con las manos en la masa. Espero que sea por eso.

Mma Ramotswe intercambió una mirada con Mma Makutsi. Estaban acostumbradas a la arrogancia masculina, pero aquello superaba con creces la dosis conocida.

—Me quedé el tiempo necesario, Rra, ni un día más, ni un día menos —respondió con calma—. Después volví para comentar el caso con usted.

El hombre del Gobierno hizo una mueca de desprecio.

—Quiero una respuesta, Mma. No estoy para muchas conversaciones, la verdad.

El ruido de la máquina de escribir se intensificaba por momentos.

—En tal caso —dijo Mma Ramotswe—, ya puede volverse a la oficina. O le interesa saber lo que tengo que decir, o no le interesa. Usted decide.

El hombre del Gobierno guardó silencio. Al instante habló, pero bajó el tono de voz.

—Es usted muy insolente, Mma. Será porque no tiene un marido que le enseñe a tratar a los hombres con el debido respeto.

El tecleo de Mma Makutsi se acentuó de modo alarmante.

—Y quizá lo que usted necesita es una buena esposa que le enseñe modales a la hora de hablar a las mujeres con respeto —replicó Mma Ramotswe—. Pero no le entretengo más. Ahí está la puerta, Rra. Puede irse.

El hombre del Gobierno no se movió.

—¿No me ha oído, Rra? ¿Pretende que lo eche yo misma? Ahí fuera hay dos jovencitos, le advierto que están en plena forma de tanto mover motores. Después está Mma Makutsi, a quien ni siquiera se ha molestado en saludar, por cierto, y por último estoy yo. Somos cuatro, en total. Su chófer ya está mayor. Lo superamos en número, Rra.

El hombre del Gobierno permanecía inmóvil. Había clavado la mirada en el suelo.

—¿Y bien, Rra? —insistió Mma Ramotswe tamborileando con los dedos sobre el escritorio.

El hombre del Gobierno levantó la vista.

—Lo siento, Mma. Ha sido una grosería por mi parte hablarle así.

—Gracias —dijo Mma Ramotswe—. Y ahora, cuando salude a Mma Makutsi como corresponde, a la manera tradicional, por favor, podemos empezar.

—Le voy a contar un cuento —anunció Mma Ramotswe—. Había una vez un matrimonio que tenía tres hijos. El padre recibió la llegada de su primer hijo varón con mucha alegría y siempre le dio todo lo que quiso. La madre también se puso muy contenta de haberle dado un hijo a su marido y lo mimó del mismo modo que el padre. Después nació un segundo varón y descubrieron con tristeza que estaba algo mal de la cabeza. La madre era muy consciente de lo que se decía a sus espaldas, que el niño había salido así por una aventura que tuvo estando embarazada. Nada de eso era cierto, por supuesto, pero las malas lenguas le fueron minando el espíritu hasta el punto de no querer salir para no avergonzarse ante nadie. Pero el chico era feliz; le gustaba el ganado y disfrutaba contándolo, aunque tampoco es que supiera contar muy bien.

»El hijo mayor era muy inteligente y le fue muy bien. Al cabo del tiempo se fue a Gaborone y se metió en política, con mucho éxito. Sin embargo, el poder y la fama lo fueron convirtiendo en un hombre cada vez más arrogante.

»Mientras tanto, había nacido un tercer hijo. Al mayor le hizo mucha ilusión y siempre quiso mucho a su hermano pequeño. Pero por debajo de ese amor, prevalecía el temor a que le arrebatara el amor de su familia y que terminara siendo el preferido de su padre. Todo lo que éste hacía era interpretado como preferencia por el hijo menor, cosa que no era cierta, pues el padre quería a sus tres hijos por igual.

»Cuando el hermano se casó, el mayor se enfadó mucho. No se lo contó a nadie, pero por dentro era una furia desatada. El orgullo le impedía confesarlo porque ahora era un hombre muy importante y muy famoso. Pensó que su joven cuñada se había propuesto alejarlo del hermano. Creyó que intentaría quedarse con la granja y el ganado, y que él se quedaría sin nada. No se molestó en poner en tela de juicio sus propias maquinaciones.

»Se convenció de que la cuñada estaba planeando matar a su hermano, a su queridísimo hermano. La idea lo obsesionaba hasta el punto de no poder conciliar el sueño, tal era el odio que acumulaba en su interior. Finalmente decidió ir a ver una mujer —una servidora— para pedirle que fuera a la granja a buscar pruebas que confirmaran su teoría. Pensó que ella podría ayudarlo a deshacerse de la cuñada.

»La mujer no sabía entonces el verdadero motivo de aquel sinvivir y decidió pasar unos días con esta familia tan infeliz. Habló con todos ellos y descubrió que nadie estaba intentando envenenar a nadie y que la idea del veneno procedía, sencillamente, de un cocinero descontento que mezclaba mal las especias. Este hombre estaba descontento porque lo habían obligado a hacer un trabajo que no le gustaba. De modo que la mujer de Gaborone habló con todos los miembros de la familia por separado. Después regresó y habló con el hermano mayor. Él le faltó al respeto porque se había acostumbrado a decir groserías y a salirse siempre con la suya. Pero la mujer sabía que bajo la piel de un bravucón suele haber una persona asustada e infeliz, de modo que decidió hablar con aquella persona y no con el bravucón.

»Sabía perfectamente que él no era capaz de hablar con su propia familia, de modo que ella lo hizo por él. Les contó cómo se sentía y les explicó que el amor que tenía por su hermano menor le impulsó a recelar de todo. La esposa del hermano comprendió la situación y prometió hacer todo lo posible para demostrarle que jamás lo alejaría de su hermano. La madre también se mostró comprensiva; entendió que tanto ella como su marido lo habrían puesto nervioso por la pérdida de su parte de la granja y aseguró que repararían el error. Decidieron dividir el patrimonio en partes iguales para tranquilizarlo.

»La mujer les dijo que iba a hablar con el hermano de Gaborone y que estaba segura de que lo iba a comprender. También les dijo que estaba dispuesta a transmitirle todo lo que le quisieran decir y que el verdadero veneno de las familias no es el que se pone en la comida, sino el que crece en el corazón cuando surgen los celos y la envidia y no se puede hablar de ello, porque es entonces cuando sale todo el veneno a flote.

»Y la mujer volvió de la granja con algunas palabras que la familia quiso transmitir. Éstas fueron las del hermano: «Quiero mucho a mi hermano. Jamás me olvidaré de él. Jamás le quitaría nada». La mujer de este hombre dijo: «Admiro mucho al hermano de mi esposo y jamás lo apartaría del merecido amor de su hermano». El comentario de la madre fue: «Estoy muy orgullosa de mi hijo. Aquí hay lugar para todos. Me atormentaba la idea de que mis hijos se distanciaran y las esposas se interpusieran en la relación y rompieran los lazos familiares. Pero ya no me preocupa. Por favor, dígale que venga a verme cuanto antes. No me queda mucho tiempo». El padre fue más bien escueto: «Ningún hombre podría pedir hijos mejores».

La máquina de escribir guardó silencio. Mma Ramotswe dejó de hablar para observar al hombre del Gobierno, que estaba absolutamente paralizado; lo único que se le movía era el pecho al respirar. Lo vio llevarse la mano a la cara al tiempo que se inclinaba hacia delante. Después hizo lo mismo con la otra mano.

—No se avergüence de llorar, Rra —dijo Mma Ramotswe—. Así es como empiezan a mejorar las cosas. Es un primer paso.

Capítulo 19

Palabras de África

Durante los cuatro días siguientes llovió a raudales. Todas las tardes se formaban nubarrones de tormenta que descargaban sobre la tierra entre rayos, relámpagos y truenos. Los caminos, por lo general secos y polvorientos, se anegaron y los campos eran vastas extensiones brillantes. Pero la tierra sedienta pronto absorbió el agua y poco a poco reaparecieron los campos. Al menos sabían que el agua había llegado y que ahora estaba a salvo en el embalse, filtrándose en la tierra que alojaba los pozos de la gente. La lluvia era un alivio para todos; habría sido muy difícil soportar otra sequía, aunque lo habrían hecho, como siempre. El clima estaba cambiando, decían, y todo el mundo se sentía vulnerable. En un país como Botswana, donde la tierra y los animales tenían escaso margen de maniobra, el menor cambio podía ser catastrófico. Pero habían llegado las lluvias y eso era lo único importante.

En el taller Speedy Motors de Tlokweng Road cada vez había más trabajo y Mma Makutsi decidió que lo único que podía hacer, como directora en funciones, era contratar a un mecánico por unos meses y ver cómo evolucionaba la situación. Puso un pequeño anuncio en el periódico y en seguida respondió un hombre que había trabajado en las minas de diamantes como mecánico de motores diésel. Aunque ya estaba jubilado, ofreció sus servicios tres días por semana. Empezó de inmediato y además hizo buenas migas con los aprendices.

—Al señor J.L.B. Matekoni le va a caer muy bien —dijo Mma Ramotswe—, ya verá cuando vuelva.

—¿Y eso cuándo será? —preguntó Mma Makutsi—. Ya han pasado más de dos semanas.

—Ya volverá —respondió Mma Ramotswe—. No conviene apresurarlo.

Aquella tarde se acercó al orfanato y estacionó la mini furgoneta blanca justo debajo de la ventana de Mma Potokwani, que al verla llegar puso el agua a hervir antes de que Mma Ramotswe llamara a la puerta.

—Buenas tardes, Mma Ramotswe —dijo—. Hace tiempo que nos vemos.

—He estado fuera unos días —respondió ella—. Después llegaron las lluvias y la carretera era un verdadero barrizal. No quería quedarme atascada en el barro.

—Sabia decisión —señaló Mma Potokwani—. Nosotros tuvimos que pedir a los mayores que salieran a empujar un par de camiones atascados junto a la entrada. No sabe lo que fue. Acabaron rebozados en barro rojo y tuvimos que lavarlos en el patio a golpe de manguera.

—Parece que va a ser un buen año de lluvias —dijo Mma Ramotswe—. Eso es muy bueno para el país.

En la otra punta de la habitación se oyó hervir el agua y Mma Potokwani se levantó para preparar el té.

—Hoy no tengo pastel que ofrecerle —dijo—. Ayer mismo hice uno, pero no han dejado ni las migajas. Ni que hubiera habido una plaga de langostas.

—La gente es muy golosa —coincidió Mma Ramotswe—. No hubiera estado mal acompañar el té con un trozo de pastel, pero no voy a lamentarlo un segundo más.

Se tomaron el té en cordial silencio. Después habló Mma Ramotswe.

—Pensaba ir a dar una vuelta con el señor J.L.B. Matekoni en la furgoneta —se aventuró a decir—. ¿Cree que querrá venir?

Mma Potokwani sonrió.

—Le encantará. Ha estado muy tranquilo desde que llegó, pero he descubierto que tiene una nueva ocupación. Me parece un buen síntoma.

—¿Qué ocupación es ésa?

—Ha estado ayudando al chiquillo ese que le enseñé —dijo Mma Potokwani—. ¿Se acuerda de él? ¿Recuerda que recurrí a usted por si podía averiguar algo?

—Sí —respondió Mma Ramotswe con cierta vacilación—. Claro que me acuerdo.

—¿Descubrió algo?

—No —respondió Mma Ramotswe—. Pero no creo que haya mucho que descubrir. Lo que sí puedo decirle es que tengo una ligera idea de lo que pudo pasar. Pero es sólo eso, una corazonada.

Mma Potokwani añadió una cucharada más de azúcar al té y lo removió con parsimonia.

—¿Una corazonada?

Mma Ramotswe frunció el entrecejo.

—Sí, pero no creo que le sirva de mucho. Es más, me parece que es más bien inútil.

Mma Potokwani se llevó la taza a los labios. Dio un buen sorbo de té y volvió a posar la taza en la mesa con mucho cuidado.

—Me da la sensación de que ya sé a lo que se refiere, Mma —dijo—. Creo que tengo la misma idea que usted. Pero me cuesta creerlo. No puede ser verdad.

Mma Ramotswe negó con la cabeza.

—Eso es lo que yo me digo. Una oye hablar de estas cosas, pero que yo sepa nunca se ha podido demostrar. Dicen que estos niños salvajes existen, y que de vez en cuando alguien se los encuentra. ¿Quién puede asegurar que se han criado con animales? ¿Dónde están las pruebas?

—Yo nunca he visto ninguna —sentenció Mma Potokwani.

—Pero si le dijéramos a alguien lo que pensamos de este chico, ¿qué cree que pasaría? Los periódicos no darían abasto. Vendría gente de todo el mundo. Probablemente se lo llevarían a vivir a algún lugar donde puedan observarlo a sus anchas, lejos de Botswana.

—No creo —dijo Mma Potokwani—. El Gobierno jamás lo permitiría.

—No esté tan segura —respondió Mma Ramotswe—. Quizá sí. No lo sabemos.

Guardaron silencio unos instantes.

—A mí me parece que hay ciertos asuntos que no conviene airear —dijo al fin Mma Ramotswe—. Tampoco es imprescindible saber la respuesta de todo en esta vida.

—Estoy de acuerdo —coincidió Mma Potokwani—. A veces es más fácil ser feliz si no se sabe todo.

Mma Ramotswe se quedó pensativa. Era una proposición interesante y no sabía si podía ser válida en todos los casos; tendría que pensarlo, pero no era el momento. Ahora tenía otro asunto urgente entre manos: llevar al señor J.L.B. Matekoni a Mochudi y subir al *kopje*[1] para ver la llanura desde lo alto. Estaba convencida de que la visión de toda esa cantidad de agua lo animaría.

—El señor J.L.B. Matekoni ha estado ayudando al chico —dijo Mma Potokwani—. Le ha sentado bien tener algo que hacer. He visto cómo le enseñaba a usar el tirachinas, por ejemplo. Y me han dicho que también le ha enseñado algunas palabras. Quiere enseñarle a hablar. Es muy tierno con él y eso, a mi entender, es un buen síntoma.

Mma Ramotswe sonrió. Se imaginaba perfectamente al señor J.L.B. Matekoni enseñando al niño salvaje las palabras que designaban todo lo que había alrededor; las palabras de su mundo, las palabras de África.

El señor J.L.B. Matekoni no estuvo demasiado comunicativo durante el trayecto de ida. Se limitó a sentarse en el asiento del acompañante y mirar el paisaje por la ventanilla; el paisaje y los otros vehículos que transitaban por la carretera. Cierto es que hizo un par de comentarios y hasta preguntó por el taller, cosa que no había hecho la última vez que fue a verlo, en su tranquila habitación del orfanato.

—Espero que Mma Makutsi pueda controlar a esos aprendices que tengo —dijo—. Son lo más perezoso que he visto nunca. No piensan más que en mujeres.

—Ese detalle sigue intacto —comentó Mma Ramotswe—. Pero los hace trabajar mucho y están respondiendo muy bien.

---

1 Colina, en lengua setswana. *(N. del T.)*.

Llegaron al desvío de Mochudi y pronto se encontraron en la carretera que subía directamente al hospital, después al *kgotla*[2] y por último al *kopje* de cantos rodados que había detrás.

—Podríamos subir a la cima —dijo Mma Ramotswe—. Las vistas son espectaculares. Ya verá lo cambiado que está todo después de las lluvias.

—Estoy muy cansado para subir —dijo él—. Suba usted. Yo la espero aquí abajo.

—No —respondió ella con firmeza—. Subiremos los dos. Apóyese en mi brazo.

La subida no fue excesiva y pronto llegaron al borde mismo de la gran extensión de roca que coronaba la cima. Abajo estaba Mochudi: la iglesia, con su tejado rojo de chapa; el pequeño hospital, donde cada día se libraban heroicas batallas debido a los escasos recursos contra graves enfermedades, y más al sur las vastas llanuras. El río tenía buen caudal, y corría ancho y perezoso entre arboledas y sabana y los cercados que conformaban el pueblo diseminado. Por un sendero cercano al río pasaba en aquel momento un pequeño rebaño que, desde las alturas, se veía minúsculo, como de juguete. Pero tenían el viento a favor y distinguían bien el sonido de los cencerros, un sonido lejano, suave, lo más evocador del paisaje de Botswana, un sonido hogareño. Mma Ramotswe permaneció inmóvil; una mujer en una roca de África, precisamente lo que quería ser y donde quería estar.

---

2 Recinto donde se celebran asambleas comunales en Botswana. *(N. del T.)*.

—Fíjese bien —dijo—. ¿Ve esa casa de ahí abajo? Ahí es donde viví con mi padre. Ése es mi lugar.

El señor J.L.B. Matekoni aguzó la vista y sonrió. Sonrió, y ella lo vio.

—Me parece que se encuentra algo mejor, si no me equivoco —dijo.

El señor J.L.B Matekoni asintió con la cabeza.

áfrica
áfrica áfrica
áfrica áfrica áfrica
áfrica áfrica
áfrica